たくらみはやるせなき獣の心に

愁堂れな

幻冬舎ルチル文庫

CONTENTS

目次

たくらみはやるせなき獣の心に

✦カバーデザイン＝高津深春（CoCo.Design）

✦ブックデザイン＝まるか工房

イラスト・角田緑✦

たくらみはやるせなき獣の心に

1

「あっ……」

煌々《こうこう》と灯《あか》りのつく室内、ギシ、とベッドの軋《きし》む音と共に甘い嬌声《きょうせい》が響き渡る。

「あっ……あぁっ……」

延々と突き上げを続ける男の肩に光る汗が天井の灯りを受け、えも言われぬほどの美しい輝きを放っている。

『白磁のごとき肌』という表現がこれほど相応《ふさわ》しい肌はないと衆人に思わしめる美しい肌の持ち主に組み敷かれている男には、その美しさを観賞する余裕はない。

「あっ……あぁっ……あっあっあっ」

汗で光り滑《ぬめ》るように輝くその肌が覆っているのは男の鍛え上げられた身体《からだ》であり、しなやかなその筋肉が激しく躍動する行為は既に、二時間に及ぼうとしていた。

喘《あえ》ぐ男の意識は朦朧《もうろう》としており、今にも気を失いそうになっている。美しき肌の持ち主にもそれがわかったのだろう、苦笑するように微笑《ほほえ》むと男の両脚を更に高く抱え上げ、尚《なお》一層激しく彼を突き上げ始めた。

「あぁっ……」

高く声を上げ男が達したのとほぼ同時に、美肌の男もまた達し、少し伸び上がるような姿勢になる。

「大丈夫か」

はあはあと息を乱す男に、美肌の男がゆっくりと覆いかぶさり、焦点の定まらない瞳をじっと覗《のぞ》き込む。

肌の美しさばかりではない。長い睫《まつげ》に縁取られ黒曜石のごとく煌《きら》めく瞳といい、すっと通った鼻筋といい、厚すぎず薄すぎない形のいい薄紅色の唇といい、精を吐き出したばかりで紅潮している白皙《はくせき》の頬《ほお》といい、男の容貌《ようぼう》もまた他に類を見ないほどに整っているのだった。

どちらかというと女性的な美人顔なのだが、弱々しいイメージは微塵《みじん》もない。たおやかな美貌を裏切る彼の眼光の鋭さに対峙《たいじ》する殆《ほとん》どの人間は震撼《しんかん》するのだが、それも彼の今の立場を思うと納得できた。

構成員、準構成員合わせて数万人とも言われる関東の極道の頂点に立つ男の名は、櫻内《さくらうち》玲二《れいじ》。先般、日本でも三本の指に入る規模の広域暴力団『菱沼組《ひしぬまぐみ》』の五代目を三十五歳の若さで襲名したいわば関東の極道の『雄』である。

関東中の——否、日本中の極道を震え上がらせる彼の鋭い双眸《そうぼう》は今、労《いた》わりと慈しみの光に満ちている。その眼差《まなざ》しを向けられている相手は彼のボディガード兼今や唯一の愛人である高沢裕之《たかざわひろゆき》という元刑事だった。

高沢と櫻内の出会いは今から一年ほど前に遡《さかのぼ》る。ある事情から警察を懲戒免職になった高沢を、射撃の腕に惚《ほ》れ込んだと櫻内がボディガードに誘ったのだが、櫻内が惚れ込んだのは射撃だけでなく高沢本人であったと後にわかり、紆余《うよ》曲折を経て高沢は彼の愛人になった。

もとより物事に頓着《とんちゃく》しない高沢ではあったが、男の愛人になることに対してまでも頓着しなかったわけではない。当初は力でねじ伏せられ、櫻内の思うがままに身体を貪《むさぼ》られていたのだが、彼の強引な行為の中にこれでもかというほどの己への想いを感じ取るうちに、高沢の中にも櫻内へのある種の感情が芽生えていった。

それが愛情や恋情であるのか、はたまた畏怖《いふ》の念であるのか、ある種の諦観《ていかん》であるのか、高沢自身にもよくわかっていなかった。というのもこの高沢、感情の起伏に著しく乏しい男なのである。

それはそのまま常に無表情な彼の顔にも表れているのだが、一旦《いったん》何かしらの感情が生まれたときに彼の平凡な顔は驚くほどに魅惑的なものになり、特に彼がたまに浮かべる微笑は、見る人の目を惹《ひ》きつけずにはいられぬほどの吸引力があった。

感情の起伏に乏しい高沢は二十八年の人生の中で、特定の相手に恋愛感情を抱《いだ》いたことがなかった。自ら求める相手もいなければ、櫻内のように全身全霊で求められることもなかったがゆえに、高沢は彼の求愛に対しどう応《こた》えてよいものか、戸惑いを感じていたのだった。

高沢にわかることは、今の生活に不満がないということだけだった。毎夜のごとく、櫻内に激しく求められることは体力を著しく消耗するという理由で、勘弁してもらいたいと思うこともままあったが、まるで馴染《なじ》みのなかった男同士のセックスにもすっかり慣れ、苦痛を感じることがなくなって久しい。

苦痛を感じるどころか快楽のあまり失神してしまうこともしばしばで、今まで知らずにいたエクスタシーとも言うべき性の悦《よろこ》びを毎夜彼は体感していた。

だがそれが高沢にとって、今の環境に不満を抱いていない理由ではない。彼の満足の理由は、ボディガードとしての職務にあった。

違法行為ではあるものの、櫻内の身の安全を守るために高沢を始めとする櫻内のボディガードは全員拳銃を所持しており、櫻内は彼らのために奥多摩《おくたま》に警察組織のそれに勝るとも劣らない設備を誇る射撃練習場を用意していた。その環境に高沢はこの上ない満足を覚えているのだった。

というのも、あらゆるものに対して執着を覚えることのない高沢が唯一興味を惹かれるのがこの拳銃なのである。かつてオリンピック候補にも挙がったことがあるというほどの腕前で、刑事時代から暇さえあると練習場に入り浸り、同僚から『銃フェチ』とよくからかわれていた。

今もボディガードのローテーションで休みの日の殆どを彼は、奥多摩の練習場で過ごしている。警察時代から愛用しているニューナンブ式の拳銃を肌身離さず持ち歩くことができる今の生活を高沢は酷《ひど》く気に入っていたが、それだけが男の愛人に甘んじている理由というわけではないという自覚はあった。

「大丈夫か」

軽く頬を叩かれ、遠のきかけていた高沢の意識が戻る。

「……ああ……」

領《うなず》くと櫻内はその、黒曜石のごとき美しい瞳を細めて微笑み、水を飲むかと尋ねてきた。

「……ああ……」

「待ってろ」

腕一本上げるのも億劫《おっくう》なほど消耗しきっている高沢とは対照的な身軽さで、櫻内がひらりとベッドを下りると、部屋の片隅に備え付けてある冷蔵庫へと向かってゆく。自分とて決して身体を鍛えていないわけではないのだが、この圧倒的な体力の差はどこからくるのだろうと、高沢は半ば呆《あき》れながら、全裸の櫻内の後ろ姿を見つめていた。

「ほら」

エビアンのボトルを手に戻ってきた櫻内は、最初それを高沢に差し出してきたが、何を思ったのか高沢が手を出すより前に引っ込め、自らキャップを捻《ひね》った。

「おい？」

別にキャップを外してもらわなければならないほど力が出ないわけではない、と眉《まゆ》を顰《ひそ》めた高沢の前で、櫻内はペットボトルを自分の口へと持っていくと、ごくごくと水を飲んだ。

なんだ、彼もまた喉《のど》が渇いていたのかとその姿を目で追っていた高沢は、不意に櫻内が覆いかぶさってきたのにぎょっとし身体を引きかけた。

「ん……っ……」

一瞬早く櫻内が高沢の腕を摑《つか》んで引き寄せ、強引に唇を重ねてくる。同時に冷たい水が合わせた唇から流れ込んでくるのに高沢は噎《む》せ、激しく咳《せ》き込んだ。

「大丈夫か」

すぐに唇を離した櫻内が、高沢の顔を覗き込んでくる。

「……な……」

何をしているんだ、と咳き込みながら問いかけた彼に、

「水を飲ましてやろうとしたんだが？」

櫻内はさも当然というように微笑み、再びペットボトルに口をつけた。

「自分で飲む」

言いながらも高沢は落とされる櫻内の唇を受け止め、微《かす》かに唇を開く。また冷たい水が流れ込んでくるのを今度は上手《うま》く受け止め、ごくり、と喉を鳴らして飲み下すと、櫻内は満足げに目を細めて微笑み、身体を起こした。

「ほら」

飲み足らないだろうと思ってか、高沢の腕を引いて半身を起こさせ、飲みさしのペットボトルを差し出してくる。

「……どうも」

最初からこうして渡してくれればいいものを、と思った高沢の心を読んだのか、櫻内はやれやれ、というように肩を竦《すく》めた。

「なんだ?」

「本当にお前には情緒がないと思ってな」

「…………」

意味がわからず目で問い返しながら、ペットボトルを傾けていた高沢は、続く櫻内の言葉のあまりの陳腐な例えに彼らしくなく吹きそうになった。

「やることだけやって、あとは背中を向けて寝てしまう、不実な男だと詰《なじ》る女の気持ちがようやくわかるようになったよ」

「なんだそれは」

濡《ぬ》れてしまった唇を手の甲で拭《ぬぐ》い、高沢が櫻内に問いかける。

「たまにはセックスの後に甘えた仕草でもしてみせろ、ということさ」

「…………」

リアクションに困ることを言われ首を傾《かし》げた高沢の前で、櫻内がまたやれやれ、というように苦笑し肩を竦めた。

「お前には言うだけ無駄のようだな」

「……おい」

言うなり櫻内が高沢に再び覆いかぶさってくる。空になったペットボトルを高沢の手から奪うとサイドテーブルへと下ろし、櫻内が身体を弄《いじ》り始めたのに、まさかまだやる気なのかと高沢はぎょっとし、その逞《たくま》しい胸を押しやろうとした。

「なに？」

「……もう無理だ」

これでもかというほど精を吐き出させられた高沢の雄は萎《な》えたまま形を成す気配もない。もう限界なのだと首を横に振る高沢に、

「お前の限界は誰より俺が知っているよ」

櫻内はあっさり彼の拒絶を退けると、萎えた高沢の雄を握りゆるゆると扱《しご》き上げてきた。

「……おい……っ……」

櫻内の形のいい唇が毎夜の愛撫《あいぶ》で紅《あか》く色づく胸の突起を捉《とら》え、強く吸い上げてくる。そのとき櫻内の手の中で、限界を感じていた高沢の雄がびく、と微かに震えたのに、それみたことかというように櫻内は彼の胸から一瞬顔を上げ、高沢に微笑みかけてきた。

「……あっ……」

嗄《か》れてしまった高沢の喉からまた、甘やかな息が漏れる。確かに『限界』は高沢本人より櫻内の熟知するところであったようで、高沢の身体に熱が戻り、息が乱れ始める。

「ほらな」

にや、とまたも顔を上げて微笑む櫻内に、高沢が口にしようとした悪態は、胸の突起を痛いくらいの強さで嚙《か》まれ、喉の奥へと呑《の》み込まれていった。

「あっ……はぁっ……あっ……」

嗄れた高沢の声が、煌々と灯りのついた櫻内の寝室内に響き渡る。尽きることを知らない櫻内の欲情に、その夜も高沢は彼の真の限界まで喘がされ続けることになった。

翌朝、いつものように櫻内は午前六時には起床した。朝食は寝室に運ばせることが多く、体力を消耗しきった高沢がベッドに横たわるのに構わず、若い衆がテーブルを運び込み、食卓をしつらえるのがほぼ日課となっていた。

「よお」

朝食の時間はまた、櫻内が担当組員からその日のスケジュールや連絡事項等、種々の報告を受ける時間でもある。たいていの担当組員は櫻内が朝食を取り始めてから遠慮深く寝室へと入ってくるのだが、今日の担当である早乙女《さおとめ》は、櫻内が未《ま》だシャワーを浴びている最中だというのにずかずかと室内に入り込み、ベッドの中にいる高沢に右手を上げて寄越した。

「なんでえ、疲れた顔してんなあ」

遠慮の欠片《かけら》もないこの早乙女という男、組の中でも櫻内への心酔度は一、二を争うという血の気《け》の多い二十歳《はたち》そこそこの若造である。なぜか高沢には親しみを感じているようで、何かと言うと声をかけてくる。妙に人懐っこいところがあるせいか高沢も彼に懐かれて悪い気はせず、暇と気力のあるときには話し相手になってやるのだが、今朝はその気力に欠けていた。

「……まあね」

ぼそりと答え、上掛けを被《かぶ》ろうとしたのはこれ以上話しかけるなという意思表示だったのだが、鈍感な早乙女には伝わらなかったらしい。

「メシ、食わねえのかよ。ああ、今日はボディガードのローテーションの日じゃなかったっけか？」

構わず問いを重ねてくるどころか、テーブルを回り込みベッドサイドに立つと、高沢の顔と乱れたシーツをまじまじと見下ろしてきた。

「……なんだ」

照れなど滅多に感じない高沢ではあるが、行為の名残をありありと残す状態をこうもじっくり見られてはさすがに気まずくもなる。じろり、と早乙女を睨《にら》み上げると、

「いやあ、相変わらずだなあと思ってさ」

早乙女が逆ににやり、と笑い返し、ますますじろじろとベッドの様子を見ようとしてきたそのとき、

「早いな」

バスルームのドアが開き、濡れた髪を拭いながら櫻内が登場したのに、今までの傍若無人な態度はどこへやら、途端に早乙女はその場でしゃちほこばると、

「おはようございます！」

声がひっくり返るほどの大声でそう言い、櫻内に深く頭を下げた。

「どうした、何か至急の報告か」

バスローブ姿で髪を拭っている櫻内はまさに『水も滴る』いい男ぶりを見せつけていたが、早乙女には心服する組長の美貌を楽しむような気持ちの余裕はないようだった。

「いえ！　今のところ特に何も！」

直立不動のままそう大声で叫んだ彼に、櫻内は「そうか」と頷くと、一言、

「下がっていいぞ」

そう言い、早乙女を一瞥《いちべつ》した。

「失礼しました！」

『下がっていい』というのは即『下がれ』という命令なのだとわかったのだろう、早乙女が脱兎《だっと》のごとく部屋を出てゆく。その様子を半ば啞然《あぜん》としながら見送っていた高沢は、いつの間にかベッドサイドに近づいてきていた櫻内に上掛けを剝《は》がれ、はっとして彼を見上げた。

「起きろ」

ほら、と櫻内がガウンを放ってくる。どうやら今朝はあまり櫻内の機嫌はよくないらしい——高沢はそう判断すると、彼に言われるままに気怠い身体を起こし、ガウンを羽織った。

『愛人』であるにもかかわらず、以前の高沢は櫻内の機嫌の良し悪しをおよそ見抜くことができなかった。櫻内が五代目を襲名し、共に彼の屋敷で暮らすようになってようやく、高沢は櫻内の顔色を少しは見られるようになったのだった。

その原因を推察するところまでにはまだ至っていないのだが、他人どころか自分に対する興味すら著しく薄い彼が、人の気分の良し悪しを考えるようになったというのは、ある意味驚異的なことではあった。

高沢が促されるままに食卓についた頃、給仕が二名、二人の朝食を運んできた。食欲がな

い高沢がフォークを手に取ることもできないのに反し、櫻内は朝から血の滴るようなステーキにナイフを入れている。

「…………」

健啖《けんたん》ぶりに舌を巻きながらも、自分との体力の差はこの食欲にあるのかもしれない、と高沢が見るとはなしに肉を咀嚼《そしゃく》する櫻内の口元を眺めていたそのとき、

「組長！」

ノックの音と共に、先ほど退散したはずの早乙女が部屋に駆け込んできて、何事かと高沢は驚いて彼を見た。

「どうした」

対する櫻内は顔も上げずに食事を続けている。だがその彼の手も早乙女の報告にぴたり、と止まった。

「今、大阪から連絡が入ったんですが、八木沼《やぎぬま》組長が狙撃《そげき》されたそうです」

「…………」

櫻内が顔を上げ、早乙女を真《ま》っ直《す》ぐに見据える。八木沼というのは関西で一番の規模を誇る団体、岡村組《おかむらぐみ》の若頭で、櫻内とは兄弟杯を交わした仲の極道だった。

「容態は」

櫻内の声音は落ち着いていたが、いつにない緊迫感に溢《あふ》れていた。高沢も八木沼にはかつ

て世話になったこともあり、早乙女を見つめ彼の答えを待った。

「命に別状はないが重症とのことです」

「狙撃手は？　どこかの組の鉄砲玉か」

間髪を容れずに問いを重ねる櫻内の表情に安堵《あんど》の色が見られる。命に別状がないと聞き高沢も同じく安堵の息を吐《つ》いたのだが、続く早乙女の報告に彼の、そして櫻内の顔には再び緊張が走った。

「それが一切合切わからねえっていうことなんです」

「わからない？」

どういうことだ、と眉を顰めて尋ねた櫻内に、

「詳しい連絡はまだ入ってねえんですが、このところ目立った抗争もなく、狙撃されるような心当たりがないところに持ってきて、狙撃犯の逃げ足が早く正体を突き止める暇がなかったとかで」

早乙女は相変わらずしゃちほこばった姿勢でそう答え、手にしていたＦＡＸと思われる紙を確認のためか、ちらと見た。

「それで八木沼の兄貴は」

「中之島《なかのしま》の住友《すみとも》病院に入院中とのことです」

「そうか」

櫻内は一瞬考える素振りをしたあと、ナプキンで口を拭い席を立った。

「見舞いに行く。スケジュールを組み直してくれ」

「わかりました！」

早乙女がかっきり九十度頭を下げる礼をしたあと、部屋を駆け出してゆく。

「お前も来い」

その様子をまたも唖然と見送っていた高沢は、櫻内にそう声をかけられ驚いて視線を彼へと向けた。

「知らぬ仲ではあるまい」

「それはそうだが……」

同道を渋ったわけではないが、昨夜の激しい行為の倦怠《けんたい》が残る身体では集中力を保つ自信がない。ボディガードとして役に立つだろうかと高沢はそれを案じたのだが、櫻内はその逡《しゅん》巡《じゅん》を一発で見抜いたようで、

「ボディガードは別に連れてゆく」

安心しろ、と微笑み、高沢に支度を促した。

三十分後には櫻内と高沢は、運転手の神部《かんべ》と早乙女と共に、彼が遠距離の移動にいつも使用している大型のドイツ車へと乗り込み大阪を目指していた。

菱沼組五代目を襲名してから、余程の遠距離でないかぎり、櫻内が飛行機や新幹線などの

公共の乗り物を利用することは滅多になくなった。理由は勿論《もちろん》身の危険を防ぐためで、公共の乗り物ではボディガードが拳銃を所持するわけにはいかないからである。

暴対法により、組員が銃刀法違反の罪を犯した場合、組長にも責任が及ぶことになった。櫻内のクビを狙《ねら》っているのは『ご同業』のヤクザたちだけではなく警察もその最たる者で、そうした瑣末《さまつ》な機会すら逃すまいと鵜《う》の目鷹の目になっているのである。

それ故今回の大阪行きも自家用車での移動になったのであるが、いつもは車中が密室であるのをいいことに、退屈しのぎだと高沢の身体に悪戯《いたずら》をしかけてくる櫻内が、

「辛かったら寝ているといい」

気怠い身体を持て余している高沢にそう声をかけたきり、今日は一人考え込んでは、思いついたように携帯でどこかへ連絡を入れたり、携帯に連絡が入ってきたりと慌しく過ごしていた。

寝ているといいと言われても、職業柄といおうか、普段命を守っている対象を横に一人眠り込むことはできず、高沢は聞くとはなしに櫻内の電話の内容に耳を傾けていたのだが、八木沼狙撃の情報を集めているらしいことがわかってきた。

大阪府警の捜査状況がほぼオンタイムで彼の携帯電話に入ってくるさまを横目に、ヤクザの——特に櫻内の情報網に高沢はほとほと感心してしまっていた。

八木沼狙撃のニュースはテレビでも大きく報道されており、助手席で早乙女はそのチェッ

クに余念がなかった。

記者発表された内容以上の捜査の手がかりを府警はまるで握っていないようで、犯人の目星もまったくついていないらしいということがわかると、櫻内は今度は別のルートで岡村組や八木沼の近況を調べ始めたようだった。

調べるといっても櫻内はどこかに一言二言の電話を入れるだけで、数分後にその答えが返ってくるということを繰り返しているだけだった。ひっきりなしにかかってくる電話も一時間後には落ち着き、櫻内がやれやれ、というように電話をポケットにしまってからはぴたりと着信も途絶えた。

「最近、関西方面は治安がよくないそうだな」

櫻内が助手席の早乙女に声をかける。

「目立った抗争はないという話でしたが……」

早乙女が朝、報告したとおりのことを繰り返したのに、櫻内は物憂げに視線を車窓へと向けると一言、

「組関係ではない」

そう言い、微かに息を漏らした。

「あの？」

早乙女がおずおずと後部シートを振り返る。が、櫻内はそれ以上口を開かず、じっと車窓

の風景を眺めていた。

「…………」

反対側の窓へと顔を向けているため、櫻内の表情は高沢の位置からだと身を乗り出さない限り見えないのだが、隣に座る彼の身体が緊張に漲《みなぎ》っていることを高沢は察していた。

珍しいこともあるものだ、と高沢は櫻内の表情の見えぬ横顔を見やる。

高沢の知る櫻内は常に冷静沈着で、心中穏やかでないことを周囲に悟らせるようなことは今まで一度もなかった。

兄弟杯を交わした八木沼の狙撃が彼に動揺を与えたのか、はたまた、今入手した『大阪が物騒だ』という情報に何か思うところがあるのか――青い程に白い櫻内の頬を見ていた高沢は、その櫻内が不意に振り返ったのに、はっと我に返った。

「何を見ている」

櫻内の手が高沢の頬に伸びてくる。

「いや……」

唇の端を上げる笑顔はいつもの彼のもので、高沢はなんとなくほっとし、首を横に振ったのだが、櫻内の手が高沢の頬をすり抜け、後頭部を摑んで、ぐいと引き寄せてきたのにはぎょっとして、反射的に身体を引こうとした。

「なんだ、したくなったんじゃないのか」

くすりと笑いながらも櫻内の腕は緩まず、強引に引き寄せた高沢の唇を塞《ふさ》ごうとする。

「……人前で……っ」

バックミラーで後部シートの様子を窺《うかが》っている助手席の早乙女と鏡越しに目が合ってしまったこともあり、高沢は櫻内の胸を押しやろうとしたのだが、櫻内は逆にその手を摑むとそのままシートへと高沢を押し倒した。

「おい」

「人前が初めてというわけじゃあるまいし。いい加減に慣れたらどうだ」

にっと笑った櫻内に「冗談じゃない」と高沢が悪態をつく。その声に被せ、

「早乙女」

櫻内は高沢を組み敷いたまま、顔も上げずに助手席で息を殺している若い組員の名を呼んだ。

「は、はい」

早乙女が居住まいを正し、その巨体を強張《こわば》らせる。

「目も耳も塞いでおけ」

「わかりました」

早乙女が命令どおりに両耳を塞いでみせ、高沢は唖然としてその様子を見やっていたのだが、

「これでいいだろう」

櫻内が満足そうに笑い、服越しに高沢のそれをぎゅっと握ってきたのに我に返った。

「おい」

「神部は運転があるからな。目も耳も開けておいてもらわないと困る」

そのくらいは勘弁してくれ、と言いながら櫻内が手早く高沢のスラックスのファスナーを下ろし、中に手を差し入れてくるのに、

「よせ」

既に無駄なあがきとわかりつつも高沢は、一応の抵抗をしてみせた。櫻内に言われたとおり、こうして車の中で櫻内の手慰みの相手となるのは初めてではないが、人並みの羞恥心《しゅうちしん》を持つ彼はさすがに『慣れる』ところまではいたっていないのである。

「ここは『よせ』とは言ってないようだが」

だが高沢の身体は既に『慣れ』ているようで、櫻内の手の中で彼の雄はびく、と震え、昨夜の行為の余韻の残る身体の芯に、じんわりと熱がともってゆく。

「案外人前でやるのが好きなんじゃないか」

繊細な指で高沢の雄を扱き上げながら笑いかけてくる櫻内の表情はいつもと同じく余裕に満ちたもので、先ほどまでの変に緊迫した雰囲気はすっかり払拭《ふっしょく》されていた。

「馬鹿か」

そのことに安堵の思いを抱きつつも、いつものように悪態をついた高沢を櫻内は瞬時見つめたあと、ふっと目を細めて微笑むと唇を落とし、更に悪態をつこうとする高沢の唇を熱いキスで塞いだ。

午後三時過ぎ、車は大阪の中之島にある住友病院に到着した。八木沼はＶＩＰのみが利用を許されるという最上階の特別室に入院しており、病院の外には目つきの悪い男たちがうろついていた。周囲に気を配っている様子の彼らの半分がヤクザで半分が警察だろうと高沢は踏んだが、櫻内が見舞いに訪れることは既に連絡がいっていたらしく、車から降り立つと慌てたように数名の男たちが駆け寄ってきた。

「このたびはご足労いただき申し訳ありません」

深々と頭を下げてきた男に高沢は見覚えがあった。かつて八木沼の家に世話になったとき、東京まで車で送ってくれた今野《こんの》という若頭補佐である。

「こちらへどうぞ」

周囲をざっとガラの悪い男たちが取り囲んだのは、盾になってくれているつもりらしい。足早に建物の中へと導かれたときも、エレベーターに乗り込むときも、ヤクザたちは周囲への目配りを忘れず、病院内の雰囲気は酷くぴりぴりとしていた。

「ご容態は」

エレベーターに乗り込むと櫻内は早速今野に八木沼の様子を尋ねた。

「おかげさまですっかり回復しとります」

「それはよかった」

深く頭を下げた今野の答えに、櫻内が心からのものとわかる安堵の息を吐いたとき、エレベーターは最上階に到着し扉が開いた。

降りたところはナースステーションだったが、どかどかとエレベーターから降り立つヤクザの集団に看護師たちは皆顔を引きつらせていた。

八木沼の病室の前にも、目つきの悪い男たちが数名たむろしていた。今野の姿を見ると途端に姿勢を正し、頭を下げる。

「どうぞ」

恭《うやうや》しい仕草で今野がドアをノックし、中に一声かけると、大きく開いて櫻内を室内へと導いた。

「どうも」

櫻内は軽く会釈をしたあと病室に足を踏み入れ、高沢があとに続いた。

「おう、えらい遠いところをわざわざすまんなあ」

とても入院中とは思えない元気な声が二人を出迎える。

「驚きましたよ、兄貴」

櫻内が慇懃《いんぎん》な、だが親しみの籠《こ》もった口調で言いながら広い部屋の中央に鎮座するベッドへと近づいていく。背もたれを上げ、半身を起こして座っている八木沼は満面の笑みを浮かべ、関東の雄、菱沼組五代目に両手を広げて歓迎の意を示した。

「驚いたんはワシや。まさかあないな場所で撃たれるとは思わんかった」

病院お仕着せの寝巻きを身につけていたが、八木沼は綺麗《きれい》に髭《ひげ》もあたっており、髪形にも一筋の乱れもない。顔色もいいし、今野の言うように随分回復したということだろうと思いつつ櫻内のあとに続いた高沢にも、八木沼は笑顔を向けてきた。

「あんたも遠いところ、すまんかったな」

「いえ」

関西一の団体、岡村組の若頭がボディガード風情にまさか声をかけてくるとは思わず、高沢はらしくもなく戸惑い首を横に振ったのだが、そんな彼の顔を八木沼はじろじろと眺め、ますます高沢を戸惑わせた。

「なんや、えらい疲れとるようやな。相変わらず櫻内に可愛がられとるゆうわけか」

「…………」

好色な笑いを浮かべる八木沼に、どのようなリアクションをすべきかと高沢が迷っている

うちに、

「早速猥談《わいだん》とは、兄貴にこそ驚かされますな」

助け船とばかりに櫻内がそう声をかけ、再び会話は八木沼と櫻内、二人の間で交わされ始めた。

「『あないな場所』とおっしゃってましたが、一体どこで狙撃されたのです」

櫻内が話を昨夜の襲撃へと戻す。

「風呂屋や」

「風呂？」

八木沼の答えに櫻内は一瞬眉を顰めたあと、ああ、と笑った。

「相変わらずお盛んで」

「いやいや、たまのこっちゃ。新顔に滅多に拝めんほどの美人が入ったゆう話を聞いたさかいな」

あはは、と八木沼が照れ隠しのように大きな声で笑ったのは、その『風呂屋』というのがどうやら高級ソープであるかららしい。彼の身体は高笑いするほどは回復していなかったようで、高らかに笑ったあと八木沼は「いてて」と肩を押さえて蹲《うずくま》った。

「大丈夫ですか」

慌てて櫻内が声をかけたのに、

「大丈夫やて」

八木沼は頷き、照れたように頭をかくと話を続けた。

「よう行っとる場所やったさかいな。ほんま、油断したわ」

面目ない話や、と八木沼が顔を顰《しか》めてみせたのに櫻内は頷き返したあと問いを発した。

「スナイパーの顔は見ましたか」

「いや。見んかった。ワシが撃たれたあとに店の子がきゃあきゃあ騒ぎよったさかい、他のモンも見とらんいうこっちゃ」

「そうですか」

八木沼が油断するほど平和であった店であるから、それまで銃弾が撃ち込まれたことなどないのだろう。ソープ嬢が怯《おび》えて騒ぐのも当然か、と一人納得しながら二人の会話に耳を傾けていた高沢だったが、

「スナイパーは見んかったが、珍しい男を店内で見たで」

八木沼がそう言い、ちら、と視線を送ってきたのには、何事かと眉を顰めた。

「珍しい男というと？」

櫻内も八木沼の視線を追うようにちらと高沢を振り返り、また八木沼へと向き直って問いを重ねる。

「まあ、そん男に気ぃとられたおかげで、命拾いしたようなもんや。あん時足を止めへんか

ったら、弾はワシの頭を貫通しとったやろうからな」

あはは、と八木沼が声を上げて笑う。

「で、誰なんです」

別に勿体《もったい》をつけているわけではないだろうが、なかなか男の名を言おうとしない八木沼に、櫻内が珍しくも焦《じ》れた声を出す。

多分この時点で彼は、その『珍しい男』の名を予測したのだろう——あとになって高沢はそう察したのだが、そのときの彼は八木沼の告げた男の名に衝撃を受けるあまり、そこまで頭が働くことはなかった。

「西村《にしむら》や。四条《しじょう》に鉄砲玉にされたあの、元エリート警視が店内におったんや」

「…………」

思いもかけないところで耳にする旧友の名に、滅多に動揺を覚えない己が酷くうろたえていることに高沢は更に動揺していた。

「……西村……正義《まさよし》……」

フルネームを告げる櫻内の声が病室内に響き渡る。いつになく抑えた声音が微かに震えていることに気づき高沢が顔を上げると、自分を凝視していたらしい櫻内と、かちりと音がするほどしっかりと目が合った。

「…………」

櫻内の燃えるような眼差しは獰猛《どうもう》さすら感じさせ、高沢をしてたじろがせるほどである。その瞬間、高沢は己の心を揺さぶる友の名が、櫻内にとってもまた忘れえぬものであったことを知ったのだった。

2

八木沼の病室にいたのは正味三十分ほどで、軽く五百万はあろうかと思われる分厚い『見舞い』の熨斗袋《のしぶくろ》を渡したあと、櫻内一行は予定どおり東京にとんぼ返りをすることとなった。

「西村の居所は必ずワシが突き止めるさかい」

帰りしな八木沼は櫻内に力強くそう言い、深く頭を下げて寄越した。岡村組内の抗争が関東に飛び火したことを八木沼は以前より非常に申し訳なく思っているようで、その一助を担った西村の始末はきっちりつけると宣言したものの、西村の行方がようとして知れなかったために今の今まで約束が果たせずにいたのをかなり気にしているらしい。

「まずは傷の治療に専念なさってください」

くれぐれもお大事に、と八木沼以上に深く頭を下げ病室を辞したあと、車に乗り込んでからも櫻内は一言も発しなかった。

どうも機嫌が悪いようだということは高沢にもわかったが、理由までは察することができずにいた。高沢ですら感じ取れるほどの機嫌の悪さを早乙女や神部が察しないわけがなく、誰も何も喋《しゃべ》らないしんとした車中は、往路以上の緊迫した雰囲気に溢れていた。

早乙女がちら、とバックミラー越しに高沢を見る。早乙女は病院内までお供を許されたものの、八木沼の病室には足を踏み入れることを許されなかった。櫻内に『部屋の前で待機しろ』と目で命じられ、直立不動の姿勢で見舞いが終わる迄の三十分をドアの前で立ち尽くしていた。

病室内の様子を聞きたいのがありありとわかる早乙女の視線は、だが、櫻内がちら、とバックミラーを見やったのに、慌てて窓の外へと移っていった。

「早乙女」

櫻内が低く彼の名を呼ぶ。

「は、はい」

助手席から大きくはみ出した早乙女の逞しい肩が、傍目《はため》にもわかるほどにびくっと震えた。叱責《しっせき》されると思ったらしく、おずおずと問い返した早乙女に、櫻内が与えたのは注意ではなく指示だった。

「今日はこのまま真っ直ぐ家に戻る。幹部連中に、何かあるようなら今聞くと連絡してくれ」

「わかりました」

早乙女が慌ててダッシュボードからモバイルパソコンを取り出し叩き始める。ごついガタイに似合わず早乙女はＩＴ機器をそれは器用に使いこなした。

今時のヤクザはハイテクを駆使するのが当たり前らしく、高沢らボディガードにも最新モデルのパソコンが支給され、スケジュール管理もすべてWeb上でなされている。

警察署内でもパソコンは勿論普及していたので、高沢も人並みに扱えはしたが、休みの日などは電源を入れないことも多い。その上、高沢になぜか酷く懐いている早乙女が、スケジュールの変更をメールよりも早いタイミングで連絡してくれるので、あまり必要性を感じていないというのが現状である。

モバイルを開いて十分後、各所に連絡が取れたらしく、早乙女がおずおずと後部シートを振り返った。

「特に急を要するような件はないそうです」

「そうか」

櫻内は短く相槌《あいづち》を打ったあと、もういい、というように微かに首を横に振った。早乙女が慌てた様子で前を向く。

その後も櫻内は一言も喋るでもなく、そしてまた往路の車中のように、退屈しのぎに高沢の身体に悪戯をしかけてくるでもなく、何か考えている様子でじっと車窓の風景を見つめていた。

「…………」

ぴりぴりとした緊張感に満ち溢れた車中で、一体櫻内は何を考えているのかと高沢はひそかに彼の横顔を見やった。

八木沼のもとを訪れる前も、同じように櫻内が一人厳しい顔で考え事をしていたが、そのとき彼の機嫌は決して悪くなかったと思う。

櫻内が気分を害した原因はなんなのか――思い当たるのはただ一つ、西村の名が出たことだったが、なぜその名が櫻内の機嫌をこうまで損ねることになるのかが、高沢にはわからなかった。

かつて西村は鉄砲玉として櫻内の命を狙ったことがある。結局目的を達することはできずに遁走《とんそう》したのだが、己の命を狙った男がのうのうと生きているというのが許せないとでもいうのだろうか――早乙女などがよく言う『ヤクザの面子』の問題なのだろうか、と高沢は首を捻ったが、櫻内が拘《こだわ》るにはその『面子』は卑小すぎる気もした。

八木沼が西村捜しに血眼になるのはまだわかる。自分が抑えてしかるべき組の抗争を抑え切れなかったことに『面子を潰《つぶ》された』と憤る気持ちは高沢にも理解できるのだが、櫻内の西村への拘りが何に起因しているのかは想像すらできなかった。

復路は渋滞に巻き込まれたせいで、東京に戻ってきたときには既に陽は落ちていた。車は真っ直ぐに松濤《しょうとう》にある櫻内の自宅を目指し、午後八時を回る頃、他に十台ほど高級車の並んだ地下駐車場へと到着した。

「お疲れ様でした」

神部が後部シートのドアを開けるを待たず、櫻内は自ら開いて車を降りた。その様子に早乙女が、何か問いたげな視線を高沢へと向けてくる。

「……？」

いつにない性急さに高沢も眉を顰めたのだが、既にエレベーターまで到着していた櫻内が肩越しに彼を振り返った顔に苛立《いらだ》ちの色を認めた早乙女に急《せ》かされ、会話をする暇もなく櫻内のもとへと走った。

高沢の到着を待ち、櫻内が上へのボタンを押す。すぐに開いた箱に無言で乗り込んでゆく彼に高沢も続いたのだが、

「お疲れ様でした」

扉が閉まる直前、おどおどと早乙女が声をかけたのに、櫻内の眉がぴくり、と動いた。

「早乙女」

「はい」

何か粗相でもしたかと思ったのだろう、蒼白《そうはく》になった顔を上げた早乙女に、櫻内は上着のポケットから携帯を取り出し、ぽん、と彼に放った。落としては大変と早乙女が必死の形相でそれを両手で受け取る。

「関西方面の情報が入ったらすぐに知らせるように」

櫻内が低い声で告げたのに、

「わ、わかりやした」

早乙女はぎょっとした顔になったものの、まるで壊れ物か超がつくほどの高級品でも扱うような恭しさで、渡された携帯を掲げてみせた。

櫻内が『閉』のボタンを押し、エレベーターはゆっくりと上昇していった。櫻内は再び口を閉ざしてしまい、高沢に話しかける気配はない。そのまま三階の自室へと向かいそうであるのに、食事はどうするのだろうと高沢は思いはしたが、とても問いかけられるような雰囲気ではなかった。

到着したエレベーターから降り立つと、櫻内は真っ直ぐに彼の寝室へと向かった。後ろを振り返りはしなかったが、高沢があとに続いていることを微塵も疑ってはいないようである。

櫻内が食事前に高沢をベッドに誘うことはままあった。

「食欲よりまず性欲を満たしたいのさ」

ようは待ちきれないのだ、と冗談めかして笑う櫻内の瞳には、抑えきれない欲情の焔《ほむら》が立ち上っており、言葉どおり彼が『待ちきれない』状態であることを高沢も感じ取ることができるのだが、今、己に背を向けている櫻内からは、そういった欲望はまるで感じられなかった。

かわりに感じられるのは、彼が珍しくも酷く苛立っているということで、一体何が櫻内の身に起こっているのかと高沢が眉を顰めている間に、櫻内は寝室のドアを開き一人中へと入ってしまった。

目の前で扉が閉まりそうになるのに、高沢は反射的に手を伸ばしてドアを摑んだ。

「……………」

これもまた珍しいことで、通常であれば櫻内は高沢が入室するまでドアを開いて待っている。愛人とはいえ高沢も男であるのに、ちょっとした動作の一つ一つに労わりの心を忘れない。ときにくすぐったさすら感じさせる心遣いを見せる櫻内であるだけに、もしや今日は部屋に入るなということなのだろうかと首を傾げた高沢を、既にベッドの前まで歩み寄っていた櫻内が肩越しに振り返った。

「入れ」

表情はそれほどでもなかったが、声には苛立ちが籠もっている。もしや不興を買っているのは自分なのだろうかという疑いが初めて高沢の胸に芽生えた。

高沢が部屋に入り後ろ手でドアを閉めると、櫻内は手早く自分の服を脱ぎ始めた。一着数十万はするであろうスーツが無造作に床に落とされるのを目で追っていた高沢だが、櫻内がちらと顔を上げて彼を見たのに、自分もスーツのボタンを外し始めた。櫻内の目の中の苛立ちが増した気がしたからである。

通常、滅多にスーツなど着用しない高沢ではあったが、今日は八木沼の見舞いということで、イタリアものの高級品を無理やり身につけさせられていた。普段は着ることのない高価なスーツゆえ、床に落とすのも躊躇《ためら》われたが、櫻内の寝室には上でプロレスの試合でもできるのではないかと思われるキングサイズのベッド以外に家具はない。脱いだ上着を手に、一瞬立ち尽くした高沢は、いきなり目の前に影が差したのにぎょっとし顔を上げた。

「どうした」

既に服を脱ぎきった櫻内が、いつの間にか高沢のすぐ傍《そば》まで歩み寄り、じっと顔を見下ろしていた。黒目と白目のコントラストが美しい冴《さ》え冴《ざ》えとした眼差しはいつもの彼のものであったが、黒曜石のごときその瞳には相変わらず苛立ちの色がある。

「どこに置こうかと……」

やはり不興の原因は自分かと察しながらも、高沢が脱衣を躊躇《ちゅうちょ》した理由を口にすると、櫻内は無言で高沢の手から上着を取り上げ床に落とした。

「来い」

腕を摑まれ、引き摺《ず》られるようにしてベッドへと向かう。そのままどさりとシーツの上に放り投げられるようにして横たわった高沢に、櫻内が覆いかぶさってきた。

「一体どうしたというんだ」

器用な手つきで高沢のタイを外し、次々とシャツのボタンを外してゆく櫻内に高沢は思い切って問いかけてみた。

「…………」

櫻内の手が一瞬止まる。が、彼は顔を上げるでもなくボタンを外す動作へと戻ると、続いてベルトを外しスラックスをトランクスごと高沢の脚から引き抜いた。その間に高沢が半身を起こし、手首のボタンを外してシャツを、そして下着代わりのTシャツを脱ぎ全裸になる。

櫻内の手が再び仰向《あおむ》けに横たわった高沢の両脚を摑み、大きく開かせたまま腰を持ち上げてきた。


「…………？」


普段より幾分乱暴な所作と、煌々と灯りのつく下、恥部を余すところなく晒《さら》されることに戸惑いと羞恥を覚え、高沢はじっと己を見下ろす櫻内を見上げた。

櫻内の顔からは、彼のいかなる感情も読み取れなかった。高沢の前ではたいてい櫻内は上機嫌であるが、たまには苛立っていたり、怒りをぶつけられたりすることがある。関東数万人の極道の頂点に立つ彼は、公的には滅多に感情を面《おもて》に表すことはないのだが、私的空間である自室の、しかも唯一無二の『愛人』の前では、気分のアップダウンを顔に出した。

人の顔色を見ることがどちらかというと苦手な高沢ではあるが、櫻内が今機嫌がいいとか悪いとか、楽しい気分であるのかはたまた怒りを覚えているのか程度のことはわかった。

だが今、櫻内の端整な顔は『無表情』としかいいようがなく、それこそ公的な場と同じく敢《あ》えて感情を面に出さぬようにしているようだと高沢は尚もじっと櫻内の顔を見上げた。

二人は何も喋らぬまま、暫《しばら》くの間音のない空間で乾いた視線を交わし合っていた。肌を合わせるために二人とも全裸になっているのに、櫻内が行為に及ぶ気配はない。

次第に体勢が辛くなってきて、高沢は手を伸ばし、己の脚を摑んだ櫻内の手を外させようとしたのだが、そのときようやく櫻内の唇が言葉を告げ、部屋の空気が動いた。

「気になるか」

「え？」

問われた内容がわからず問い返した高沢の脚を、櫻内は更に開かせ高く腰を上げさせる。

「……っ」

ますます体勢的に辛くなり、眉を顰めた高沢に、再び櫻内の問いが発せられた。

「西村のことが気になるか、と聞いたんだ」

「あ……」

やはり櫻内を苛立たせていたのは西村だった——その名を口にしたとき、端整な櫻内の顔が微かに歪《ゆが》んだのを目《ま》の当たりにし高沢は今更それを悟ったのだが、悟るには少し遅すぎたようだった。

「気になるのか」

即答しない高沢に焦れたのか、同じ問いを繰り返した櫻内の眼差しが厳しくなる。

「……それは……」

正直な話、高沢にとって西村の名はある意味特別なものだった。長年友情を育《はぐく》んできたと思っていた相手に裏切られ、警察を辞めさせられた上に、思い出したくもない酷い目に遭わされたという経緯がある。

櫻内の五代目襲名を前代の息子である若頭補佐が阻止しようとした、その策を弄《ろう》したのも西村だった。

櫻内にとって唯一の愛人となった高沢を自らが囮《おとり》となって捕獲し、チンピラたちに輪姦《まわ》させた。その画像を櫻内に送りつけて呼び出し命を狙う、という計画は、だが、櫻内の破壊的ともいえる奇襲により頓挫《とんざ》した。

その後、西村は鉄砲玉にさせられ襲名披露の席で櫻内の命を狙ったが、それにもまた失敗して遁走、その後姿をくらませていた。

警察のOBである射撃練習場の教官三室《みむろ》にも協力を仰ぎ、高沢は彼の行方を捜していたのだが、ようとして足跡を摑むことができずにいた。

それがここにきて——しかも、八木沼狙撃のその現場に、西村がいたというのである。気にならないわけがないと高沢は言おうとしたが、櫻内は彼の答えを待たなかった。

「もう一つ、聞きたいことがある」

「…………」

高沢の両脚を抱え上げたまま、櫻内が身体を落としてくる。櫻内の体重がかかり苦痛が増した高沢は我知らぬうちに微かに眉を顰めていたのだが、櫻内が放った問いがあまりに思いがけないものであったため、彼の眉は高く上がることになった。

「『あのとき』西村に抱かれたのか」

「…………！」

あのとき——敢えて言及せずとも、櫻内のいう『あのとき』が、捕らえられ、輪姦されたときであることは高沢にもすぐにわかった。

わかるだけに高沢は動揺のあまり息を呑んでしまったのだった。

救出された後《のち》、櫻内は高沢に気にすることは何もないと言い、彼を抱いた。

『誰に犯されようともお前はお前だ。人に犯《や》られたくらいで俺の想いが揺らぐと思うか』

高沢の胸を熱くさせたその言葉どおり、その後櫻内が『あのとき』のことを口にすることは一度たりとてなかった。事件の前後で彼の態度は欠片ほども変わらず、あたかも何事もなかったかのように日常が過ぎていったのだが、実は櫻内は自分が多数の男に犯されたことを気にしていたというのだろうか——。

高沢の胸に新たな動揺が生まれ、またも息を呑んでしまったのだが、高沢自身、自分が何に動揺しているのか、はっきりわかっていなかった。ただその動揺は高沢の顔に出てしまったようだ。己を見下ろす櫻内の頬がぴく、と微かに痙攣《けいれん》したと思った次の瞬間には、彼の手は高沢の脚を離していた。

「……っ」

まるで放り投げるかのような乱暴な所作に驚き、半身を起こしかけた高沢の目の前で、櫻内は自身の雄を一気に扱き上げてゆく。あっという間に勃ち上がった立派なそれを、いつにない櫻内の行動に戸惑うあまり高沢は凝視してしまっていたのだが、櫻内がすっと目を上げ自分を見据えてきたのに、ごくり、と唾《つば》を呑んでその場で固まってしまった。

櫻内の顔には、やはり表情らしい表情はなかった。視線は高沢へと向いていたが、常に強い光を湛《たた》えている瞳は暗い影が落ちたままである。

そのような視線を今まで高沢は櫻内から注がれたことはなかった。血の通っていない物質を見るような目をした櫻内が、ゆっくりと高沢へと近づいてくる。

反射的に高沢が起き上がり身をかわそうとしたのは多分、彼の本能が危険を察知したからに他ならなかった。櫻内が理由もなく暴力行為に及ぶわけがないという認識は勿論高沢にはあったが、長年の刑事としての、転じてボディガードとしての勘が高沢に危機を知らせたのである。

だがその行動は更に櫻内の不興を買ったようで、頭の上で忌々しげな舌打ちの音がしたと思った次の瞬間には、伸びてきた手に再び両脚を掴まれていた。

「な……っ」

そのまま腰を高く上げさせられ、後孔を露《あら》わにされる。少しも先を予測できない櫻内の行動に高沢が上げた戸惑いの声は、すぐに苦痛の悲鳴に変わることとなった。櫻内がいきなり猛《たけ》る彼の雄を、高沢のそこに強引に捻《ね》じ込んできたのである。

「よせっ……」

ぴりぴりと物凄い勢いで皮膚が裂ける痛みから逃れるために高沢は身体をずり上げようとしたが、逆に櫻内は摑んだ彼の両脚を己の方へと引き寄せて抵抗を封じた。

「やめろっ……」

背中が敷布から浮くほどに高く腰を上げさせられたところに、力強い突き上げが始まった。少しも慣らされぬそこで櫻内の常人より立派なそれが抜き差しされるたびに、乾いた痛みが高沢を襲い、生理的な涙がこめかみを伝った。

「……よせっ……」

太いだけではなく、ぼこぼことした形態をもつ櫻内の雄は、普段は高沢に意識を飛ばすほどの快楽を与えてくれるのであるが、今、そのぼこりとした感触は、更なる苦痛を生むものでしかなかった。

入り口だけでなく、摩擦で内壁も傷ついているようで、櫻内が勢いよく抜き差しするたびに、ぽたぽたと鮮血が白いシーツに滴り落ちた。

まるで機械のような単調な櫻内の突き上げは高沢に少しの快楽も齎《もたら》さなかった。萎えたままの彼の雄がそれを物語っていたが、無理な行為を続ける櫻内の状態もまた、快楽からは程遠いところにあるようだった。

「……っ」

低く声を漏らし、高沢の脚を抱え直しては尚一層奥を抉《えぐ》ろうとする。櫻内の額にはうっすらと汗が滲《にじ》んでいたが、彼の双眸は冷たいままで、快楽を感じているときには薄紅色に染まる白い肌が紅潮する気配はなかった。

なかなか快楽の兆しを捕らえることができないことに苛立っているのか、櫻内の眉は相変わらず顰められたままだった。痛みで遠のきそうになる意識の下、高沢は薄く目を開き己を責め苛《さいな》む櫻内の顔を見上げた。

自分に苦痛を与えている彼もまた、苦痛を感じているような顔をしている――なぜだ、という疑問が高沢の心に芽生えたが、それを追及する気力はもう彼には残っていなかった。

「痛《つう》…っ……」

少しも達することができないことに焦れたのか、櫻内が高沢の片脚を離し、肩に担ぎ上げたと同時に更に奥底を抉ろうと激しく腰を打ち付けてくる。身体を引き裂かれる痛みに悲鳴を上げた高沢の声は櫻内の耳にも届いているはずであるのに、櫻内は少しの容赦もみせず、ついには高沢が苦痛のあまり気を失ってしまうまで延々と突き上げ続けた。

「……う……」

高沢の遠のいていた意識が戻ったあとも、櫻内の行為は終わる気配を見せなかった。高沢の後ろは既に痛みを感じるのを通り越し、無感覚になっている。

壊されるかもしれない——霞《かす》む意識の下、高沢の胸に初めてその不安が過《よぎ》ったが、恐怖を感じるより前にまた、彼の意識は混濁の中へと呑み込まれていった。

「……くっ……」

櫻内が低く声を漏らしたと同時に、ずし、と下腹を内側から圧《お》されるような重さを高沢は覚えた。乱暴に両脚を放られ、高沢の意識がまた微かに戻る。

ずる、と櫻内の萎えた雄が抜かれたとき、生暖かな感触が高沢の尻を伝って血に染まる敷布に滴り落ちた。

ようやく解放された——遠のきかけた意識が安堵の思いに引き寄せられたのか、幾分はっきりしてきた思考のもと、高沢は櫻内が自分をひとり残し、ベッドを下りて身支度を整える気配を目を閉じたまま感じていた。

やがて服を着終えたらしい櫻内が、高沢に一言の声もかけずに部屋を出ていこうとする。決して故意ではなかったものの、先ほどまでの苦痛があまりに辛かったからだろう、高沢の口からはまた安堵の息が漏れていた。

その音が聞こえたわけではないだろうが、ドアを出かけた櫻内の動きがぴたりと止まる気配が伝わってきた。

「………？」

射るような視線を感じ、高沢は閉じていた目を開くと、なんとか頭を上げ、視線を感じる方向を――櫻内が佇《たたず》むドアの方を見る。

一瞬だけ、やはり睨むように己を見ていた櫻内と高沢は目が合った。だが櫻内は高沢の視線を捕らえたことがわかると、まるでわざとのようにふいと目を逸《そ》らし、扉を大きく開いて外へと声をかけた。

「早乙女！」

「は、はい」

早乙女のおどおどした声が響き、どたどたとやかましい足音と共に彼が廊下を駆けてくる音が聞こえてくる。

なぜ早乙女を呼びつけたのかと、未だ思考する力のないぼんやりした頭で櫻内の方を見やっていた高沢は、その櫻内が早乙女を中へと導いたのに、はっきりと意識を醒《さ》ました。

「……あ」

ひょい、と部屋の中を覗き込んだ早乙女が、ベッドの上で血塗《ちまみ》れで横たわっている高沢の姿に、傍目にもはっきりとわかるほどに顔色を変えた。慌てたように目を逸らした早乙女とほぼ同時に高沢も彼から目を逸らす。寝返りを打とうにも下肢を襲う疼痛《とうつう》のせいで身動きをとることもできず、煌々と灯りのつく下、惨憺《さんたん》たる行為の痕《あと》がありありと残っている裸体を晒さざるを得ない恥辱にさすがの高沢も目を閉じたのだが、その目は響いてきた櫻内のあまりに非道な言葉に、すぐに開かれることになった。

「後始末を頼む」

「……え……」

戸惑いの声を上げた早乙女は、櫻内が部屋を出ようとするのに気づいて慌てて身体を脇へと避《よ》けた。櫻内は高沢を振り返ることなく、早乙女の前を横切り部屋を出てゆく。

「…………」

半ば呆然《ぼうぜん》としながら高沢は櫻内の姿を見送ってしまっていたのだが、早乙女がおずおずと視線を向けてきたのに気づいて目を伏せた。

「大丈夫かよ」

のろのろと近づいてきた早乙女が、高沢の顔を上から見下ろし尋ねてくる。

「ああ」

尋ねた早乙女も答えた高沢も、とても『大丈夫』といえるような状態ではないことはよくわかっていたが、そうした儀礼的な会話でも交わしていなければ耐えられない雰囲気だった。

「ええと……」

早乙女は一瞬言葉を選ぶように口ごもったが、上手い言い方が見つからなかったようで、無言のまま屈《かが》み込んでくると、シーツごと高沢の身体を抱き上げた。

「……っ」

早乙女の動きは決して乱暴ではなかったが、抱き上げられた途端、身体に疼痛が走り高沢は顔を顰め低く呻《うめ》いた。

「だ、大丈夫かよ」

滅多なことでは表情を変えない高沢の苦痛の呻きに、早乙女がぎょっとした顔になり、再び同じ問いを発する。今度は高沢も『大丈夫』と答えることはできず、唇を嚙んで痛みに耐えていた。早乙女は尚も心配そうに高沢の顔を見下ろしていたが、やがて彼としては最大限に気を遣った静かな動作で高沢を抱いたまま部屋を出て、エレベーターへと向かっていった。

廊下で数名の若い衆とすれ違ったが、皆一様にぎょっとした顔になり、早乙女に抱かれる高沢を探るような目で見つめてきた。

「見世物《みせもん》じゃねえぞ」

そのたびに早乙女が凄《すご》んでみせたので何があったのかを誰に問いかけられることもなく、高沢は自室に到着することができた。

二階の客用寝室の中でも一番広い部屋を、高沢は櫻内より好きに使えと与えられていた。とはいえ夜は毎日のように櫻内の部屋へお呼びがかかるので、彼が自室のベッドで就寝することは一週間のうち一日あればいい方だった。

久々に高沢が使うそのベッドに、早乙女は彼の身体をそっと下ろすと、少し困ったような顔になり、じっと高沢を見下ろしてきた。

「…………」

一体何があったのか——早乙女はそれを尋ねたいのだろうと予測はついたが、それこそ高沢のほうが知りたいくらいであった。無言で目を見交わすこと数十秒、早乙女の喉は何度かごくりと唾を呑み込むのに上下したが、彼が口を開く気配はなく、やがて事実の究明を諦《あきら》めたようで、わざとらしく咳払《せきばら》いをすると、

「……なんか、欲しいモンとかあるか？　水とかよ」

咳払いしたとは思えないほど、喉にひっかかったような掠《かす》れた声でそう尋ねてきた。

「……いや……」

問われて初めて高沢は己の身体が水を欲していることに気づいたが、頼むのも気が引けて首を横に振った。

「……ええと」

早乙女がまた、ごくり、と唾を呑んだあと、非常に言いにくそうに問いを重ねてくる。

「手当てとか、したほうがいいかよ」

「…………」

かつて——まだ高沢と櫻内の間に気持ちの交流が生まれるより前、櫻内に犯されるようにして抱かれたあと、早乙女は櫻内に命じられて高沢の傷の手当てをしたことがあった。早乙女がそれを思い出し、このような申し出をしてきたのだろうと予測はついたが、当時も屈辱的でしかなかったその行為を、高沢はとても頼む気にはなれなかった。

「いや」

小さく首を横に振った高沢を、早乙女はまだ何か言いたそうな顔をして見つめていたが、上手く言葉に出来なかったようだ。

「……それじゃあな」

またもわざとらしく咳払いをすると、ぼそりとそう言い踵《きびす》を返した。後ろ髪引かれていることがありありとわかるのろのろとした所作で彼が部屋を出ていったあと、高沢は大きく息を吐き、ごろり、と寝返りを打った。

「……っ」

途端に下肢に疼痛が走る。息を詰めるようにして痛みをやり過ごしていた高沢の脳裏にふと、櫻内の黒い瞳が蘇《よみがえ》った。

なんの感情も宿さぬように見えた、黒曜石のごとき美しき瞳――彼の瞳は感情を宿していなかったわけではなく、むしろ胸に逆巻く想いを押し隠すために無表情を装っていたのかもしれない。

一体いかなる想いを抱いていたというのだろう、と高沢は幻の櫻内の黒い瞳を思い浮かべたが、なんの答えも見出《みいだ》すことはできなかった。

苦痛に悲鳴を上げる身体を持て余す高沢の胸にもまた、己にもこれと説明できぬ感情が渦巻いて彼から眠気を奪っていた。

やりきれぬとしかいいようのないその想いが実は、単なる欲望の捌《は》け口として扱われたことに我知らぬうちに酷く傷ついていたのだと気づいた頃には白々と夜が明け始め、結局高沢はまんじりともできぬままに痛む身体を横たえ一夜を明かすことになった。

3

翌日は高沢がボディガードの職務につく日だった。午前六時、いつもの起床時刻に目覚めたものの、痛めつけられた身体には未だに疼痛が深く残っており、立って歩くのもままならない状態である。

これではとても周囲に注意など払えるものではない、と高沢が溜《た》め息をつき、立っているのも怠いとベッドに腰を下ろしたとき、ノックもなく部屋のドアが開いた。

「あ、起きたのか」

勢いよく部屋に飛び込んできたのは早乙女だった。昨夜の惨状を知っているだけに、まさか高沢が起きているとは思っていなかったようで、驚きも露わにベッドへと近づいてきた。

「……ええと、なんだ、その、大丈夫か?」

近づいて初めて高沢の顔色の悪さに気づいたようで、早乙女がおずおずと、言葉を選ぶようにして問いかけてくる。

「……ああ……いや……」

心配している様子の早乙女を安心させようと高沢は一旦は首を縦に振ったが、『大丈夫だ』

と答えれば今日のボディガードのローテーションには予定どおり入れられるだろうと気づいて、今度は首を横に振った。

「……やっぱ、大丈夫じゃねえよなあ」

早乙女が痛々しげな視線を高沢の下肢へと向けて寄越す。今高沢は服を身につけているが、早乙女の脳裏には昨夜の鮮血に塗《まみ》れた高沢の下半身が色濃く刻まれているらしい。

「医者行くか？　しかしどこ行きゃあいいんだ。やっぱ泌尿器科かなあ。外科ってこたあねえだろうし……」

早乙女が真剣な顔で腕組みをし、考え始めたのに、高沢は「医者はいい」と断った。痛みは強かったが、傷自体は裂傷であることはわかっていた。医者に見せれば己の身に何が起こったのか、一目瞭然《りょうぜん》に違いないと思うと、とても医院の門を潜る気にはならない。

「……ただ、今日のボディガードはちょっと無理そうだ」

高沢がぼそりとそう言ったのに、早乙女は心底驚いた顔になった。

「当たり前《めえ》だろ？　あんたまさか、あの傷で今日仕事に行こうと思ってたのかよ」

できるわきゃねえだろ、と早乙女が呆れた声を上げる。

「……まあ、そうか」

「そうかじゃねえよ。まったくよう」

やれやれ、といわんばかりに溜め息をついた早乙女は、ようやく普段の調子を取り戻して

きたようで、

「まあ、ゆっくり寝てろや。今から組長は台湾に行くことになったからよ。三日は戻らないんじゃねえかな」

今回はお供を仰せつかったんだ、と嬉しげな顔をしながら報告してきた。

「台湾？」

思いもかけない行き先、しかも海外かと高沢が驚きの声を上げたのに、早乙女が「ああ」と大きく頷いてみせる。

「ほんの数時間前に連絡があったんだよ。ボディガードは林《はやし》を連れていくってさ。まあ、そういうことだからほんと、ゆっくり休んでくれや」

土産を買って来るからよ、と早乙女は笑うと、そろそろ出発時間だと慌てた素振りで部屋を出ていった。今朝もまた特に高沢に用があったわけではなく、単に様子を見に来たらしい。

「……台湾か……」

バタン、と大きな音を立てて閉まったドアを高沢は暫くベッドに座ったまま眺めていたが、やがて気怠さからごろりとまた横たわり、大きく溜め息をついた。

櫻内の予定が突然変更になることは今までもよくあった。たいていは何か突発事項が起こったあとのフォローであったが、今回の台湾行きは何に誘発されたものなのだろうと、高沢は天井を見ながら考える。

十中八九、八木沼狙撃の件ではないかと思えたが、昨日一日行動をともにした限り、櫻内が突然台湾行きを決行する理由が思い当たらない。

何か見落としがあるのだろうかと高沢はつらつらと昨日のできごとを思い返してみたのだが、身体の怠さが思考の妨げとなり、少しも意識を集中させることができなかった。

と、そのとき遠慮深くドアがノックされる音が響き、何事かと高沢はベッドから半身を起こした。

「どうぞ」

要塞のような櫻内の屋敷に侵入者がいるとは思えない。多分若い衆の一人だろうと思った高沢の勘は当たった。

「失礼します。あの、お食事はどうされますかと早乙女さんが……」

入ってきたのは最近別棟に住むことを許された渡辺《わたなべ》という若者だった。ぱっと人目を惹くまるでアイドル歌手のような派手な顔立ちをしている。ヤクザなどではなくホストにでもなったほうが余程大成するだろうと思われる彼は、早乙女に負けず劣らず櫻内に心酔しており、杯《さかずき》を下ろしてもらえたときには感極まって号泣したという噂は、高沢の耳にも入っていた。

「気にしないでください」

高沢が櫻内の愛人であることは周知の事実であるために、組員たちは皆、高沢に敬語で接する。ことに若い衆は櫻内に対する気遣いから、下にも置かない対応なのだが、正直高沢にとってそれは戸惑いの対象でしかなかった。

もともと人から敬われるような立場になったことがない上に、上下関係は高沢のもっとも苦手とするものだったからだ。警察は特に役職による差別が激しいところだったので、まるで上下関係に頓着しない高沢はよく、上を気遣えだの意向に沿えだの上司や同僚に口うるさく言われ、わずらわしい上下関係に辟易《へきえき》していた。

警察を辞めたあと、ようやくそんな馬鹿げた慣習からも解放されたと思っていたところに、こうして過度な気遣いをされる。できれば普通に接してほしいと高沢は思っていたが、若い組員たちの気持ちがわかるだけに何も言えず、彼らの対応に甘んじていた。

若い組員たちが自分に対して敬意を払っているのであれば、高沢も『やめろ』と言えただろう。だが彼らが敬っているのは櫻内であり、高沢はその寵愛《ちょうあい》を受けているという理由で丁寧な対応をされているに過ぎない。それがわかるだけに敢えて彼らに何を言うこともなく、敬語で接してくる彼らには高沢も敬語で返していたのだった。

「気にするなと言われましても……」

高沢の答えに渡辺は、あからさまに困った顔になった。きっと早乙女が兄貴風を吹かせ、世話を焼けとでも命じたに違いない。余計なことをしてくれたものだと高沢は内心溜め息をつきつつ、本当に気にすることはないのだと渡辺に理解できるよう言葉を重ねた。

「今は食欲がありません。食事をしたくなったら自分で用意するので、気にしていただかなくて結構です」

言葉を選ぶなどという行為は、高沢にとってもっとも縁遠いものだった。口数が少ない上にオブラートに包んだ表現ができないために、何度となく周囲から誤解をされてきた。それまでの高沢は、そんな誤解にまるで頓着しなかったのだが、櫻内の家に同居するようになってから、自分の立場というものを初めて自覚し、それゆえ言動に多少の気を遣うようになった。

関東一円をその手に収める櫻内の愛人が同性で、なおかつ彼のボディガードだという噂は、日本中の極道の間に広まっていた。しかも今や櫻内の寵愛を一身に集めているその愛人が、元刑事であるということも広く知られてしまっている。

どんな美女でも選びたい放題であろうに、なぜに男の、しかも警察上がりのボディガードを愛人にするのだ——その上自宅にまで住まわせるとは、という世人の疑問は高沢自身の抱く疑問でもあったので、口さがない連中たちが余程閨《ねや》での行為が上手いのだろうなどと言っているということが耳に入ってきても気にはならなかった。だがそうしたからかいや嘲笑《ちょうしょう》の対象になっているだけではなく、二次団体の組長の中には高沢が刑事、しかも暴力団対策係に属していたということに眉を顰める者がいるらしいという話を早乙女から聞いてしまったあとは、そう無頓着ではいられなくなった。

櫻内の五代目襲名は、他の大手と言われる二次団体よりおおむね好意的に受け入れられたというが、やはり三十五歳という若さから、まだ時期尚早ではないかという意見も出たという。表立って襲名を妨害してきたのは、三代目の香村《こうむら》の息子くらいのものだったが、もし首謀が彼でなくほかの重鎮であれば、あとに続き櫻内に反旗を翻した二次団体の組長もいたかもしれないという話だった。

五代目となってからは、組内に不穏分子の動きは今のところ見られないが、いつ何時寝首を掻《か》かれてもおかしくないというのが極道の世界である。

欠点という欠点を持たない櫻内が、人から眉を顰められる唯一の事象が男の、しかもヤクザとは敵対している元警察の人間が愛人であるということだと自覚したあとは、高沢は自身の言動に気をつけるようになったのだった。

およそ他人に気を遣うことのなかった高沢にとって、今の状況は決して楽なものではなかった。皆が皆、早乙女のように思ったことをストレートに口にしてくれるのなら助かるのだが、たいていの若い衆は恭しい態度で接しながらも、男の愛人に甘んじている自分を軽蔑《けいべつ》しているのではないかと高沢は思っていた。

軽蔑している相手から上段に構えられれば、腹も立つであろう。それゆえ高沢は彼らの敬語には敬語で答え、できる限り言葉に説明を加えて、決して上からものを言っているわけではないとわからせようとする。その気遣いが昔できていれば、警察を辞めることもなかったのではないかと、ふと気づいて苦笑するほどの変化を、最近の高沢は遂げていた。

皮肉なことは、櫻内に対する態度のみ変わらないということなのだが、それはさておき高沢の丁寧な説明に、渡辺はようやく納得したようだった。

「わかりました。そしたら腹、減ったら言ってください。なんでも用意しますんで」

早口でそう言い、深々と頭を下げたあと丁寧な動作でドアを開け閉めし、部屋を出ていった。

「…………」

はあ、と大きな溜め息が高沢の口から漏れ、ごろり、とまたベッドに横たわる。

一体何を考えていたのだったか、と高沢は天井を見上げ、ああ、櫻内の台湾行きの理由だったと思い出したものの、思考は長くは続かなかった。またも遠慮深げにドアがノックされる音が響き、小さく開いたその間から渡辺が顔を覗かせたのである。

「あの、早乙女さんから、医者が必要なようなら、秋山《あきやま》先生を呼ぶよう言われてるんですが……」

「……いや、大丈夫です」

今度は起き上がる気力もなく、高沢が首を横に振ると、

「そうですか」

渡辺はまだ何か言いたそうな顔をしていたが、無理強いも悪いと思ったのだろう、

「それじゃあ、ほんと、何かあったら声かけてください」

ぼそぼそとそう言うとまた深々と頭を下げ、静かにドアを閉めた。

「…………」

はあ、とまたも大きな溜め息が高沢の口から漏れる。兄貴分の言いつけは絶対なのか、はたまた渡辺の好意なのかはわからないが、まるで見張られているかのようでわずらわしいことこの上なかった。

放っておいてほしいものだと高沢は寝返りを打ち、上掛けを頭から被った。苛ついているのは多分、思いのままに動かない身体のせいに違いないと思い目を閉じた高沢の耳に、違うな、という自身の声が響いてくる。

苛ついているのは多分、櫻内の心が少しも読めないせいだ——突然の台湾行きの理由もそうだが、何より昨夜、彼が何を思ってまるでいたぶるように自分を抱いたのか、それが少しもわからないことが己に及ぼす影響の大きさに、気づかぬふりをしているのも限界かと高沢はベッドの中でまた大きく溜め息をつく。

いくら考えたところで、本人に確かめない限り正しい答えを得ることなどできるわけがない。そんな当たり前のことは誰に言われるより前からわかっているというのに、それでもまた思考の世界へと意識を向けようとする。己の愚かさに嫌悪の思いを抱きつつ、まずは身体を休めることが先決だと、高沢は眠りの世界へと無理やり自身を追いやるべく固く目を閉じ、全ての意識のシャットアウトを試みたが、なかなか睡魔は訪れてはくれなかった。

それでもいつの間にか眠っていたらしい。空腹を覚えて目覚めたとき、既に陽は高く上がっていた。枕元の時計を見るとほぼ正午をさしている。

身体を騙《だま》しながらそろそろとベッドから起き上がり、床へと降り立った高沢は、下肢に残る疼痛に顔を顰めたが、歩けないことはなさそうだった。ゆっくりした歩調でバスルームへと向かい、洗面所の鏡に顔を映す。

我ながら顔色が悪いなと思いながらバスルームの戸を開き、シャワーの蛇口を捻った。

「……っ……」

湯が滲《し》みる痛みに息を呑んだがすぐに慣れ、手早くシャワーを浴びきったあとはバスローブを身につけ部屋に戻った。濡れた髪を拭いながら、これからどうするかと高沢はしばし考え、ふと、射撃練習場に行くことを思いついた。

奥多摩にある櫻内所有の射撃練習場には、三室という、警察学校の元教官でもあり、高沢も指導を仰いでいた管理人がいる。現職にいた頃から何かと目をかけてくれていた教官と、同じヤクザに雇われることになろうとはと、互いに思わぬ再会に驚いたものだった。

気晴らしに銃でも撃ちにいくか、という思いつきは、高沢の気持ちを少しだけ上向かせた。

身体は怠かったが、このまま部屋の中で鬱々《うつうつ》として過ごすより、気の置けない三室のもとで、好きな銃でも撃っていたほうがよほど精神衛生上いいような気がしたのである。

決めると行動は早く、高沢は濡れた髪をごしごしとタオルで拭うと、早速服を身につけ始めた。時折痛みに顔を顰めながらもいつものシャツにジーンズという服装になり、ホルスターを身につけ拳銃を仕舞う。上からジャケットを羽織って銃を隠すと、高沢は部屋を出ようとドアを開いた。

「お出かけですか」

外へと出ようとした瞬間、ドアの前に立っていた渡辺に声をかけられ、さすがの高沢も驚いて一瞬その場に立ち尽くしてしまった。

見張りでもあるまいし、まさかずっと部屋の前にいたのかとつい非難の目を向けてしまった彼の前で、渡辺の顔に動揺が走る。

「あ、いえ、何かあったらと思いまして……」

やはり渡辺は朝から立っていたようである。いくら身体が普通の状態ではなかったとはいえ、部屋の外に人の気配を感じなかったとはボディガードとしてどうなのだという自己嫌悪が高沢の胸に芽生えた。

「あの、お出かけですか」

黙り込んだ高沢に、渡辺がおずおずと同じ問いを重ねてくる。

「はい、奥多摩の練習場に」

無視するわけにもいくまいと高沢は正直に答え、彼の前をすり抜けて玄関へと向かおうとしたが、そんな彼のあとを渡辺が早足で追ってきた。

「お送りします」

「いや、結構。自分で運転していきます」

射撃練習場に行くのは、自分に対して過分なほどに気を遣う若い衆やら、彼らの好奇の視線やらのわずらわしさから逃れるためでもあるというのに、その若い衆について来られては意味がない。丁寧な口調を心がけつつも高沢はきっぱりと断ったのだが、それでも渡辺は高沢の傍を離れなかった。

「いえ、お送りします。何かあったら大変ですので」

「……だから……」

『何かあったら』も何も、自分はボディガードである。他人の命を守ることを生業《なりわい》にしているのに、自分の身くらい守れぬわけがないだろうと高沢は珍しく声を荒らげそうになったが、振り返ったときに目に飛び込んできた渡辺の必死の形相に、出しかけた怒声は喉の奥へと呑み込まれていった。

「お送りします」

おどおどと、だが決して引こうとしない渡辺はもしや、本当に自分を見張っていたのかもしれない――目を離すなと命じたのが早乙女なのか、はたまた櫻内なのかはわからなかったが、彼が誰かの命令により動いているのは明らかだった。

「……お願いします」

命じられて動いているのであれば、何を言ったところで渡辺は諦めないだろうと、高沢は内心溜め息をつくと、しぶしぶ彼に向かい頭を下げた。

「あ、ありがとうございます」

渡辺が心底ほっとした顔になり、小さな声で礼を言うと、「こちらへ」と高沢をエレベーターへと導き歩き始めた。礼を言ったところを見るとやはり、自分の推察は当たっているのだろうと高沢は再び心の中で溜め息をつくと、大人しく渡辺のあとに続きエレベーターへと乗り込んだ。

首都高も中央道も事故で渋滞していたために、奥多摩の射撃練習場に到着したのは午後四時を回った頃だった。

受付をしていると、いつものように三室が出てきて高沢を出迎えた。

「いらっしゃいませ」

三室が恭しい態度で頭を下げて寄越したのは、傍に立っていた渡辺の目を気にしたためであった。以前の教官と教え子という仲から、打ち解けた会話をしていたことを、櫻内に面と向かって注意されて以来、人目があるときには三室は高沢を櫻内の愛人として敬ってみせるのである。

「何か銃を用意しましょうか」

「いや、持参しました」

「ではこちらへ」

とってつけたような丁寧語の会話のあと、三室は深く頭を下げると高沢を練習場へと導いた。渡辺は練習場の中まではついてくる気がないようで、ちらと高沢が振り返ると、

「いってらっしゃいませ」

彼もまた深々と頭を下げ、見送って寄越した。

やれやれ、と溜め息をついた高沢の耳に、くすり、と笑う三室の声が響いてくる。

「お供を連れてくるとはな」

「好きで連れてきたわけじゃありません」

「冗談だ」

含み笑いをした三室が、ちら、と横を歩く高沢を見下ろしてきた。

「顔色が悪いな。どうした」

「いえ、なんでも……」

二人になると三室はわざとらしい敬語を引っ込め、昔の教官の顔になる。高沢の周囲で多分唯一、『組長の愛人』として彼を扱わない三室との語らいは、高沢にとっては貴重、かつ

居心地のいい時間だった。

「そうか」

三室はまたちらと高沢を見たが、それ以上問いを重ねることはなかった。高沢に空いている部屋を示したあと、

「またあとで」

いつものようにそう微笑み、監視室へと戻っていった。

イヤープロテクターをし、高沢は的へと向かった。呼吸を整え、銃口を真っ直ぐに持ち上げる。

ダァ――ン
引き金を引いたと同時に硝煙の匂いが立ち上る。常に高沢を恍惚《こうこつ》に似た状態へと導くその匂いは、今日はその効力を発揮しなかった。

ダァン、ダン、ダン、ダン
数発撃ったあと、銃身のぶれを自覚し、高沢は一旦銃を下ろした。的を引き寄せ、殆どが中心を大きく外していることに溜め息をつく。

『どうした』

そのときイヤープロテクターから三室の声が響いてきて、高沢は監視室へと目を向けた。

『体調でも悪いのか』

ガラス越し、三室が心配そうな顔で問いかけてくる。

「…………」

監視室からの声は届くが、高沢の声は専用の赤いボタンを押さないかぎり三室には届かない。大丈夫だと高沢は首を横に振ると、スイッチを押して的をもとの位置に戻した。

体調が悪いといえば、これほど悪い状態で練習場に来たことはこれまでになかった。事故渋滞のおかげで三時間も車に揺られることになったのもまた、高沢の身体に負担を与えており、本来なら立っているのも怠いくらいであるのだが、それでもまだ高沢は射撃をやめる気にはなれなかった。

「お願いします」

聞こえないとはわかっていながら、三室に向かってそう呟《つぶや》き、真っ直ぐに銃口を的へと向ける。

ダァ――ン
今度は先ほどより銃身はぶれず、的の中心を僅《わず》かに外したところに当たった感触を高沢は得た。

ダァーン、ダン、ダン、ダン
続けて引き金を引く高沢の頭の中は次第に真っ白になり、全ての思考から解き放たれるいつもの恍惚とした状態が近づきつつあるのを感じた。

いつしか身体の怠さも忘れ、高沢はただひたすら、ダンダンと的に向かって銃を発射し続けていた。

一時間ほど経《た》った頃、弾を込めようと銃を下ろした高沢の耳に、三室の声が響いてきた。

『そろそろ上がったらどうだ』

「……………」

三室は教えを請うてくる者には指導をするが、たいていの場合は各人の好きに撃たせる。一週間のうち多いときには三日も通っていた高沢であるが、三室のほうからこうした言葉をかけられたことはなかった。

だが言われてみれば、腕の張りようといい、下半身の怠さといい、やめどきかもしれない、と高沢は素直に頷き、イヤープロテクターを外した。

監視室の三室が立ち上がる。果たしてここへと来ようとしているのかという高沢の勘は当たり、間もなく三室が手に紙片を持ち高沢のいる部屋のドアを叩いた。

「命中率は八十二パーセントだ」

「そうですか」

どうやら今日の結果をわざわざプリントアウトしてくれたらしい。高沢は礼を言って受け取り、内容に目を通し始めた。

通常、高沢の命中率は軽く九十五パーセントを超える。今日はなかなか意識が集中できなかったところにもってきての、後半の身体の疲れで、このような悪い数字になったのだろうと自己分析をしていた高沢に、三室が声をかけてきた。

「中央道は上りも下りも渋滞してるようだが、今日はこのまま帰るのか」

「え？　ええ」

帰る以外の選択肢はないのではと戸惑いながらも高沢が頷くと、三室は思ってもいなかった誘いをしてきて高沢を戸惑わせた。

「この練習場には宿泊施設もあるが、どうだ、たまには泊まっていかないか」

「え？」

宿泊施設があるのも初耳なら、泊まれと誘われたことも勿論初めてだったがゆえに、驚きの声を上げた高沢に、三室は笑顔のまま言葉を続ける。

「今日は組長も留守だそうじゃないか。大渋滞の中、何時間も車に揺られるよりは身体も楽だと思うが、どうだ？」

「……え、ええ……」

櫻内の不在を既に知っているあたり、さすが情報通だと内心舌を巻きながら高沢は、どうしようかと考えていた。

往路の渋滞は確かに身体に応えてもいたし、若い衆に気を遣われる櫻内の家に戻るのも気が重いといえば重い。

珍しくも三室が誘ってくれたのだし、気の置けない彼と過ごすほうが自分にとっては快適であるに違いない、と高沢はものの数秒で心を決めた。

「よろしくお願いします」

頭を下げた高沢の肩を、三室がぽん、と叩く。

「案内しよう。奥多摩の自然を満喫できる露天風呂がある」

「ありがとうございます」

練習場には大規模なシャワールームが設置されていたが、風呂はなかった。宿泊施設には露天風呂があるのか、と感心しながら頭を下げた高沢はふと疑問を覚え、三室に尋ねた。

「その宿泊施設は誰のためのものなのです？」

こんなに頻繁に出入りしている自分も存在を知らなかったくらいであるから、一般用ではないのではないかと思った高沢の勘は当たったようだ。

「もとはＶＩＰの招待用に造られたものだったが、重鎮たちはあまり銃には興味がないらしくてな。殆ど誰も使っていない。今や私の住まいと化しているよ」

「そうですか」

やはり重鎮用だったか、と高沢が躊躇したのがわかったのか、三室は彼を振り返り、再びぽん、と肩を叩いた。

「利用規約があるわけでもなし、皆に開放している施設だ。遠慮なく泊まっていくといい」

「……ありがとうございます」

そう言われては固辞するほうが失礼かと高沢は素直に彼の申し出を受けることに決めたのだが、渡辺にその旨を伝えると「ちょっと待ってください」と彼は慌てた声を出した。

「外泊されるのはちょっと困ります」

「どうしてですか」

慌てる渡辺に高沢が理由を尋ねると、許可を得てからでないと自分では判断できないのだという、答えにならない答えが返ってきた。

「組の施設に泊まるのだし、所在をはっきりさせていればいいのではないか」

三室の口添えでようやく渡辺も引き下がったのだが、櫻内の許可が出るまでは待って欲しいと頑張り、高沢を辟易させた。

どうも櫻内に同行している早乙女の携帯が通じないようで、渡辺は何度も留守電にメッセージを残していた。その様子を尻目に三室は高沢を宿泊施設のある別棟へと誘い、高沢は初めて宿泊所、兼三室の住居に足を踏み入れることになった。

射撃練習場から歩くこと五分あまり、広大な敷地の中の平屋の日本家屋は、高沢の素人目《しろうと》から見ても、金のかかった豪奢《ごうしゃ》な建物だった。

部屋数は全部で五つ、小規模、かつ高級な日本旅館といった佇まいである。若い組員が住み込みで建物の維持と三室の世話をしているそうで、金子《かねこ》という大人しそうな顔をしたその組員にも高沢は紹介された。

三室は数年前に妻を亡くしていた。子もなく、一人ここで暮らし始めてもう二年になるという。

「贅沢《ぜいたく》をさせてもらっていると思う」

三室が苦笑したとおり、最初に彼が高沢を連れていった風呂も、総檜《そうひのき》造りの豪勢なものだった。

三室と二人して脱衣所で服を脱ぐ段になり、初めて高沢は己の身体がいかなる状態であるかを思い出した。

未だに痛みを覚えているそこはまだ傷が癒えていない。三室に気づかれれば気まずいと思ったが、淡々と服を脱ぎ捨てた三室が「お先に」と浴室へと消えたのに、自分は入浴をやめるとは今更言えず、高沢も服を脱いだ。

風呂場に足を踏み入れると、三室は洗い場で身体を洗っていた。五十を過ぎているとはとても思えない鍛え上げられた背中を見ながら、高沢は彼の横に座り湯をかぶると身体を洗い始めた。

「少し痩《や》せたな」

三室の声が反響して高沢の耳に響く。指摘する三室と鏡越しに目が合ってしまい、高沢は顔を伏せると「ええ」と曖昧《あいまい》に頷いた。

確かに高沢は警察にいた頃より少し体重が落ちていた。痩せた一番の原因は毎夜のごとく櫻内に求められるあの行為にあると思われるだけに話題を変えようと、高沢は三室へと話を振った。

「教官は相変わらず、いい身体をされてますね」

「世辞はいい」

ははは、と三室は笑うと、ざばっと湯をかぶり、「露天へ行こう」と立ち上がった。

「はい」

高沢も身体を流して立ち上がる。

「天然の温泉だそうだ。時間があれば今度から風呂だけでも入っていくといい」

夕闇《ゆうやみ》に覆われた奥多摩の眺望は確かに素晴らしかった。紅葉の頃は格別だろうと思いながら高沢は三室に続いて浴槽に浸《つ》かった。

「……っ」

湯の温度はそれほど高くはなく、どちらかというと温《ぬる》いくらいだったが、長時間浸かるには適温なのだろう。身体を沈めたとき傷口に湯が滲《し》み、顔を顰めた高沢をちらと見やったあと、三室はまるで世間話でも切り出すかのような口調で口を開いた。

「何があった」

「…………」

高沢も三室を見返し、三室も高沢を無言で見つめる。相変わらず澄んだ目をしているなと高沢はぼんやりとそんなことを考えながら、三室をじっと見つめていた。

欲という欲を感じさせない目だった。かつて警察学校で射撃の教官をしていた頃から、上昇志向の強い組織内にいるにもかかわらず、三室は一人世事を超越していた。

射撃が好きだからここにいる——出世欲もなければ金銭欲もない、ただ銃の近くに身を置いていたいというのは高沢も同じであったが、三室を前にすると、皆から欲のなさをからかわれる高沢ですら、自身が欲望に塗れているように思えてくる。

誰かが三室を高僧にたとえたことがあったが、ありとあらゆる欲から解脱し、悟りを開いたかのように見える彼は確かに、徳の高い僧と似ていなくもないと高沢は己を見据える三室の澄んだ瞳を見返した。

徳の高さは人望を集める要因となり、警察を辞めた今でも三室が声をかければありとあらゆる情報が警察関係者から集まってくる。そこが自分との決定的な差だなと思いつつ、高沢はようやく口を開いた。

「西村について、何か新しい情報は入っていませんか」

「西村？」

三室の目に微かに驚きの色が現れる。

「いや、未だ行方不明のままだと聞いているが」

「そうですか……」

以前高沢は三室に、西村の行方を捜して欲しいと依頼をしたことがあった。何かわかったことがあれば知らせると言われていたが、それ以降三室から報告はなかった。

「西村がどうかしたのか」

「実は……」

三室の問いに、高沢は八木沼が狙撃されたことと、撃たれる直前、西村の姿を見たということを説明した。

「八木沼狙撃か……組同士の抗争というわけでもないらしいな。犯人の目処《めど》は少しも立っていないとか」

さすがといおうか、昨日の今日であるのに三室はそこまで知っていて高沢を感心させたのだが、その彼も西村の行方はわからないと首を横に振った。

「日本を脱出したという噂もあったが、国内にいたということなのか」

「……どうなんでしょう」

実際高沢が西村を見たわけではないので、わからない、と首を傾げると、

「関西方面からまた情報を集めてみよう。あっちは最近何かと物騒らしいが、西村もそれに乗じたのかもしれないな」

三室はそう言い、そろそろ上がるか、と高沢を誘った。

「あの、物騒というのはどういう意味なのでしょうか」

同じことを櫻内が言っていたと、高沢が湯船から出かけた三室に尋ねると、三室はまた湯に浸かり直し、説明してくれた。

「中国人マフィアが最近、本格的に参入してきたという噂だ。東京よりもまず関西を押さえようと香港黒社会組織のある団体が派手に動き回っているらしい」

「中国人マフィア……」

なるほど、それか、と納得して頷いた高沢は、「上がるぞ」と三室に声をかけられ、彼に続いて風呂を出た。

「新宿でも組織の末端の中国人たちが荒稼ぎをしているが、今回の関西方面はその程度ではすまないというのがもっぱらの見方だ」

脱衣所へと戻りながら三室が説明を続けるのに、現職時代、確かに歌舞伎町では外国人犯罪が頻発していたが、あれ以上というのはどういう感じになるのだろうと思いつつ、高沢は「そうですか」と相槌を打った。

脱衣所に戻ると二人の服は消えていて、代わりにまっさらな下着と旅館に備え付けてあるような浴衣《ゆかた》が籠《かご》の中に入っていた。

「金子が用意してくれた。銃も預かっているから安心してくれ」

愛用の銃も消えていたが、三室にそう言われては返して欲しいとも言えず、高沢も浴衣を身につけると、「こっちだ」と先に立って歩きだした三室のあとに続いた。

「今日はこの部屋で寝るといい。食事は俺の部屋に用意させた」

三室が高沢を連れていった部屋には既に布団が一組敷かれていた。

「ありがとうございます」

頭を下げた高沢の背を、三室が入れ、というように促してくる。

「………？」

食事をするのではないのか、と首を傾げながらも高沢が部屋に入ると、続いて三室も入ってきて、後ろ手で障子を閉めた。

「治療しないと傷も長引くだろう」

「え？」

淡々とした口調で三室がそう言いだしたのに、最初高沢は意味がわからず問い返したのだが、続く三室の言葉にようやく意味を察し、思わず絶句してしまった。

「薬を塗るから横になるように」

「………」

三室が言う『傷』がどこの部位のものなのか、わかるだけにとても言いなりになれず立ち尽くしていた高沢に、三室が苦笑するように微笑んでみせる。

「まあ、お前の気持ちもわかるが、まずは怪我《けが》の治療が先決だろう」

「……しかし……」

三室の言うことには一理あるとはいうものの、だからといってお願いしますとは言えず、高沢は口ごもってしまったのだが、彼の逡巡《しゅんじゅん》に三室は思いもかけない解釈をして高沢をまた驚かせた。

「安心しろ。随分前から俺は不能者だ。お前のあられもない姿を見ても何をすることもできないよ」

「いえ、そういう意味では……」

あたかも自分が、三室が性的興味から治療を申し出ていると思っているかのような言葉を聞いてしまっては、高沢もそれ以上拒絶することはできなかった。

「……お願いします」

もしやそれを狙って三室はあんなことを言い出したのではと思わなくもなかったが、仕方がない、と高沢は浴衣の帯を解《ほど》き、三室に導かれるままに布団の上に横になった。

「下着を下ろしてくれ」

なんの感情も籠もらぬ三室の声が背後で響く。羞恥を覚えないでもなかったが、高沢は言われたとおりに下着を脱ぎ、肩越しに三室を振り返った。

「うつ伏せになって腰を上げてくれ。手はつかなくていいが、辛いようならついてもいい」

「……はい」

声も淡々としていたが、三室の表情もこの上なく淡々としていた。無表情ともいうべき顔で告げられた言葉は、さらりと高沢の耳に響いたのだが、実際言われたとおりの姿勢をとるとあまりに淫靡《いんび》な格好に思え、込み上げてくる羞恥に高沢は布団に伏せた顔を赤らめた。

「失礼」

三室が声をかけたと同時に、ばさり、と浴衣の裾《すそ》が勢いよく捲《まく》られ、裸の下肢が露わになったのがわかった。三室の手が高沢の双丘を摑んでそこを押し広げてくる。

「……っ」

すうっと入ってきた外気が触れ、痛みに疼《うず》いた。高沢の身体がびくく、と微かに震えたのに気づいたらしい三室の手が離れる。

「酷い傷だな」

独り言のように呟いた三室の語尾が微かに震えていた気がしたが、「少し辛抱してくれ」と続けた言葉はまたもとの、淡々とした声音に戻っていた。

「はい」

頷きながら高沢は、探るとはなしに気配を探っていた。三室が立ち上がり、床の間近くまで歩いていったあと、また引き返してきて傍らに膝《ひざ》をつく。木製の箱らしきものの蓋《ふた》が開けられた音が響き、少しするとまた三室の手が高沢のそこへと添えられた。

「……う……」

押し広げられたそこに、ひやりとした感触を得、高沢はその冷たさに微かに呻いた。

「大丈夫か」

どうやら軟膏《なんこう》のようなものらしく、傷口に滲みることはない。

「大丈夫です」

「だいぶ奥まで傷がある。少し我慢してくれ」

三室はそう言ったと思うと、一旦そこから指を抜き、軟膏をつけ直して再度高沢のそこへと指を挿入してきた。

「…………」

ひんやりとした軟膏の感触が、悪寒によく似た感覚を呼び、高沢をらしくなく動揺させた。三室のほうにはその気がないことは、先に宣言されたとおりわかっていたが、自身の身体が彼の指の動きにあさましい反応を示そうとしていることに慌てたのである。

二本の指が高沢の内壁をあますところなくなぞっていくのは、傷口に薬を塗りこむためであるのだが、単調なその動きに己の身体の芯に欲情の焔が灯りつつあることに、高沢の動揺は高まった。

「……あの、教官」

また軟膏をつけ直すために指が抜かれたとき、高沢は堪《たま》らず三室に声をかけた。

「なんだ」

「もう結構です」

これ以上触れられると、自分の身体がどう反応するかわからない。男の身体は欲情を感じていることをつぶさに物語るものであるだけに、三室にそれを見抜かれるのを高沢は避けようとしたのだった。

三室は一瞬黙り込んだが、高沢が起き上がろうとするのをその背を押さえて制した。

「教官」

「何も気にすることはない」

すべてお見通しというようなことを言う三室の言葉に、高沢の頬に血が上る。

「……しかし……」

「間もなく終わる」

言いながら三室は高沢のそこを押し広げ、ずぶり、と軟膏を塗った指を更に奥まで挿入した。

「……っ……」

ひくり、と自身の後ろが蠢《うごめ》き、三室の指を締め上げるのがわかる。これを気にするなとい

う方が無理だと高沢は唇を噛んだのだが、三室は一頻《ひとしき》り薬を塗り込んだあと、

「終わったぞ」

あっさりそう言い、捲り上げた高沢の浴衣の裾を戻してくれた。

「……ありがとうございます」

身体を起こし、三室を見ると、三室はタオルで手を拭いながら、「いや」と微笑み首を横に振った。

「…………」

繊細な指の動きをつい目で追ってしまっていた高沢は、三室に「食事にするか」と問われてはっと我に返った。

「はい……」

またも自身の頬に血が上ってゆくのがわかり、俯《うつむ》いた高沢の肩を、三室がぽん、と叩く。

「手を洗ってくる。支度が済んだら一番奥の座敷に向かってくれ」

「……はい……」

相変わらず表情の読めぬ顔で三室はそう言うと、蓋を閉じた薬箱を手に立ち上がり、先に座敷を出ていった。

「…………」

その後ろ姿を高沢は呆然として見つめていたが、やがてのろのろと立ち上がると、脱ぎ捨

てた下着を身につけ、帯を結び直した。

確かに薬を塗られたあとは疼痛が治まっているような気がする。それにしてもまさか三室にこのような傷の手当てをさせることになろうとは、と高沢は深く溜め息をついたあと、彼を待たせては悪いと奥の座敷へと向かった。

奥座敷には二つの膳《ぜん》が用意されており、その一つの前に既に三室は座っていた。

「お待たせしました」

高沢が膳の前に座ると、住み込みの金子という若い衆が、ビールを盆に載せて入ってきて、先に高沢のグラスに注ごうとした。

「金子、ここはいい」

三室が声をかけると、金子はすっと瓶《びん》を引き、それを三室の膳の上に載せると軽く会釈をして部屋を出ていった。

「器用な男で、料理もこなす」

なかなか美味《うま》い、と笑いながら、三室は高沢にビールを差し出し、高沢は慌ててグラスを持ち上げた。

「こうして酒を酌《く》み交わすのは、随分久しぶりじゃないか」

高沢が三室にビールを注いだあと、二人してチン、とグラスを合わせたとき、三室がしみじみとそう言いだした。

「……そうですね」

かつて警察にいた頃には、射撃練習の帰りに何度か飲みに行ったことはあったが、先に三室が警察を定年で辞め、続いて高沢が辞めさせられてからは再会した後もこうして共に酒を飲むことはなかった。

「酒には相当強かった記憶がある……冷やでも飲むか」

「……はい」

そういう三室も酒豪であったと、高沢も懐かしく昔を思い出していた。酒を飲んでも変わらないのは高沢も三室も一緒で、何を喋るでもなく淡々と杯を重ねていくうちに一人一升飲んでしまったこともある。

「金子」

三室が声をかけると、間もなく盆を手にした金子が部屋に入ってきたが、盆の上にはぐい飲みと冷酒が既に用意されていた。

「お食事のほうは足りてますか」

用意した氷の器の中に冷酒の容れ物を浸し、二人の膳にぐい飲みを置きながら、金子が遠慮深く問いかけてくる。

「どうだ」

「ええ、足りています」

膳の上に用意されていたのは食事というよりは、酒の肴《さかな》の類《たぐ》いであったが、先ほど三室が褒めたように味はよく、高沢の箸《はし》も進んでいた。だがまだ追加を頼むほどではないと高沢が首を横に振ると、

「何かありましたらお声をかけてください」

金子は高沢と三室を等分に眺め、深々と頭を下げて部屋を出ていった。

「……聞いていたのでしょうか」

指示するより前に日本酒が出てくるとは、と、三室の酌《しゃく》を受けながら高沢が問いかけると、

「まあ、そうだろうが、金子は信頼に足る男だ。ここでの会話が外に漏れることはない」

三室はあっさりそう言い、高沢が止めるのも待たずに自分のぐい飲みに酒を注いだ。

「すみません」

「気にすることはない」

飲もう、と三室がぐい飲みを掲げてみせる。

「いただきます」

酒は好きだが、銘柄にはとんと詳しくない高沢であるが、口をつけた途端、それが以前より三室が好んでよく飲んでいた浦霞《うらがすみ》であることがわかった。

するり、と喉に流れ込むような、飲みやすくかつ味わい深い銘酒である。

「美味いですね」

「ああ」

そうして二人、杯を交わし、時に料理をつつくうちに時は流れ、気づけばもう時計の針は午後九時を回っていた。

会話という会話はなかった。思い出したように三室が高沢の射撃のフォームの欠点を指摘したり、奥多摩の練習場の設備を増築するかもしれないという話を二人してぽつぽつと続けていたが、そろそろ高沢に酔いも回ってきたかという頃になり、三室が思い出したように話題を振ってきた。

「一体何があった」

「…………」

何が、と問われているのは、先ほど手当てを受けた傷の理由に違いないと高沢は察したが、答えようにも高沢自身、何一つ理解していなかった。

「話したくなければ聞かないが」

「いえ……話したくないというよりは……わからないのです」

あっさりと引き下がろうとする三室を引き止めるようなことを言う自分に、高沢は内心慌てていた。

「わからない？」

三室が酒を口へと含みながら、高沢をじっと見据えてくる。酔っていても彼の目は澄んでいる、と頭のどこかでそんなことを考えながら、高沢はまた、首を横に振った。

「……何がなんだか、私にもまるで」

「組長は何も言わなかったか」

三室が静かな声で問いを重ねる。

「……ええ……」

頷いたあと、高沢は果たして櫻内は何も言わなかったかと、記憶を遡ってみた。

『気になるか』

櫻内の声が、酔った高沢の耳に蘇る。

そうだ、確か櫻内は、西村のことが気になるかを尋ねてきたのだと思い出した高沢の脳裏に、櫻内の言葉が浮かんだ。

『西村に抱かれたのか』

「…………」

西村の名が出たときから、櫻内の様子はおかしかった。だがその理由がわからない、と一人首を傾げていた高沢は、三室に名を呼ばれて我に返った。

「すみません」

「酔ったのか」

三室が苦笑するように笑い、そろそろ寝るか、と立ち上がろうとする。

「いえ、大丈夫です」

またも三室を引き止めるようなことを言ってしまった自分に、驚いたのは高沢だけではなく、三室も彼らしくなく驚きを顔に出し、じっと高沢を見つめてきた。

「……まだ飲みたいと？」

くす、と笑った三室が腰を下ろし、高沢に酒を差し出してくる。

「……そうですね……」

ことさらに飲みたいというわけではなかったが、高沢もぐい飲みを差し出して酒を受け、三室のぐい飲みに酒を注ぎ返した。

「……西村の名が出ました」

暫く二人して黙り込み酒を飲んでいたが、やがて高沢の口から、ぽつり、とその言葉が零れ落ちた。

「西村か……」

やはりぽつり、と三室が答え、酒を飲み干す。

「気になるのかと聞かれました」

「それでお前はなんと答えた？」

ぽつり、と高沢が言葉を零すと、ぽつり、と三室が問いを重ねる。静かな湖面に一つずつ小石を投げてでもいるようだという、自分でもよくわからない比喩《ひゆ》が高沢の頭に浮かんだ。

小石が投げ入れられると波紋が広がるが、やがて湖面は静かになる。そうしたところにまた小石がぽつん、と投げ込まれ、水面が波立ったあとにまた静寂が訪れる。

今の三室との会話はちょうどそんな感じだ、と思いながら高沢はまた、ぽつん、と小石を投げ込んだのだが、今度はその波紋は収まりをみせなかった。

「……覚えていません。答えられなかったような気が……」

「何故《なぜ》答えられない？」

高沢が答え終わるのを待たずして、三室が問いを重ねてくる。それまでの単調な声とは違い、幾分責めるようなその口調に、高沢は顔を上げ、真っ直ぐに己を見つめていた三室を見返した。

「……なぜ……」

理由などわからない、と首を横に振りかけた高沢をまるで追い詰めようとでもするかのように、三室の問いが発せられる。

「そもそもお前にとって、西村はどういう存在なんだ？」

「……どういう……」

三室の変化に戸惑いを覚えながらも、高沢は彼の問いに答えようと頭を絞った。

自分にとっての西村の存在——どういう、と問われてもこれもまた、高沢にとって答えようがない問いだった。

「……わかりません……ただ、自分が友と呼べる人間は今まで彼くらいしかいなかったように思います」

考え考え答えを返した高沢を三室は相変わらずじっと見つめていたが、やがてふっと微笑み、目を伏せた。

「なんにしろ、お前にとって西村は他人とは違う、特別な存在だというわけだ」

「……そう……なんでしょうか」

それもよくわからない、と首を横に振った高沢に、

「お前はわからないことが多すぎる」

三室は彼にしては珍しく声を上げて笑い、自分の杯に酒を注いだ。

「すみません」

続けて三室が高沢の杯に酒を注いでくれたのに、頭を下げた高沢の耳に、新たな問いが響いてくる。

「それならお前にとって、櫻内組長はどういう存在なんだ？」

「……え……」

手元の杯を見ていた高沢が、三室の問いに驚き顔を上げたそのとき、

「あのっ」

襖《ふすま》の向こうで、どたどたという数名の足音と共に、金子の悲鳴のような声が上がった。

何事かと高沢が腰を浮かせかけたその直後、勢いよく襖が開き、一人の男が座敷へと足を踏み入れてきた。

「……な……」

思いもかけない男の登場に高沢が絶句する横で、三室が彼に向かい深く頭を下げる。

「そろそろおいでになる頃ではないかと思っていました」

「一言多いぞ。三室」

きつい語調で言い捨て、三室をじろりと睨んだのは誰あろう——噂の主、櫻内であった。

「……な……」

突然の櫻内の登場は高沢を酷く驚かせたが、その櫻内が真っ直ぐに自分へと歩み寄ってきた頃には気を取り直していた。

「帰るぞ」

櫻内が手を伸ばし、高沢の腕を摑んで立ち上がらせる。

「…………」

痛いほどの力に、高沢の身体は自分でも意識せぬうちにびく、と震えた。それに気づいたらしい櫻内の眉間《みけん》にくっきりと縦皺《たてじわ》が刻まれる。

「金子、銃を」

背後で冷静としかいいようのない三室の声が響いたのに、思わず振り向いた高沢は、己の腕を摑む櫻内の手に力が込められたのに、視線を彼へと向け直した。

「こちらです」

金子が高沢の銃をホルスターごと持って部屋に駆け込んできたのに向かい、手を伸ばしたのは高沢でも三室でもなく——櫻内だった。

「く、組長」

ぎょっとして立ち尽くした金子の手から奪うようにして銃を受け取ると、櫻内は無言のまま高沢の腕を引き歩き始めた。部屋の外には早乙女と渡辺がおろおろして立ち尽くしていたが、櫻内が高沢を伴い現れたのを見て心底ほっとした顔になり、大股《おおまた》で出口へと歩く彼を駆け足で追ってきた。

「台湾じゃなかったのか」

振り返って高沢が早乙女に尋ねても、早乙女は青い顔のまま、小さく頷くだけで、声を発しようとしなかった。相当櫻内の機嫌を気にしているらしい彼の様子に、高沢は今更のように櫻内が酷く不機嫌であることを察した。

渡辺は運転してきた車に乗り込み、高沢は浴衣のまま櫻内の車へと押し込まれた。

「出せ」

早乙女が乗り切るより前に櫻内が運転手の神部に声をかけ、神部が慌ててエンジンをかける。物凄い勢いで車が発進するのにキキ、とやかましいほどにタイヤが鳴り、重力が一気にかかって高沢はシートに倒れ込んでしまったのだが、そんな彼の肩をしっかりと受け止めた櫻内の身体は微動だにしていなかった。

車中はまたも、緊張感が漲っていた。運転席の神部も助手席の早乙女もことりとも音を立てず身を竦ませている。櫻内も何も言わず、高沢の肩を抱いたままじっと高沢とは反対側の車窓を眺めていたが、真っ暗な山道では何も見えないのではないかと、高沢は櫻内の端整な横顔を見上げた。

「寒いか」

高沢の視線を感じたのか、櫻内が顔を向け話しかけてくる。

「……いや……」

反射的に首を横に振ってしまったあと、今更のように高沢は肌寒さを感じた。

「神部、ヒーターを入れろ」

櫻内がそれを見越したように神部に指示を出し、神部が「はい」と慌ててヒーターのスイッチを入れる。温風が冷え切った身体を直撃し、我知らずほっと息を漏らした高沢の肩を抱き直し、櫻内が問いを重ねてきた。

「露天風呂に入ったのは初めてか」

「……ああ」

高沢の勘違いでなければ、櫻内の身体から立ち上っていた怒りのオーラは消えていた。声音もいつもより幾分硬くはあったが、機嫌が悪いようには聞こえない。

「眺望もなかなかいいだろう。三室一人に占領させておくのは惜しいが、いかんせん場所が遠すぎてなかなか行く時間が割けない」

「……確かに遠いな」

まるで何事もなかったかのように櫻内は高沢に微笑みかけ、高沢も相槌を打つ。違和感は拭いきれなかったが、先ほどまでの息をするのにも気を遣うような車内の雰囲気よりは余程マシだと高沢は櫻内との会話の継続を願い、自分から話しかけてみた。

「台湾に行っていたのか」

「ああ」

櫻内の頬が一瞬ぴくり、と動いた気がしたが、答えた声は至って温和なものだった。

「日帰りとは思わなかった」

「思いのほか早く用が済んだからな。すぐ日本で動きたくもあったし」

「……そうか……」

ここで台湾での用件を聞いても多分、櫻内は答えないだろうと高沢は相槌を打つに留《とど》めたのだが、意外にも櫻内は饒舌《じょうぜつ》だった。

「明日からまた忙しくなる。近々大阪に出向くことになるだろう。そのときには今日の射撃練習が役に立つかもしれない」

「…………」

どういう意味だ、と高沢が眉を顰めたのがわかったのか、櫻内は額をつけるほどに近く顔を寄せてきたあと、「ああ」と何か思い出したように笑った。

「お前は人を撃てなかったな」

「……っ」

櫻内の指が、高沢の頬をすうっと撫《な》でる。びく、と身体を震わせた高沢を櫻内は暫くじっと見つめていたが、やがてふっと目を細めて微笑むと、

「寝てるといい」

そう言って高沢の肩を抱き直し、寝るのに心地よい体勢を整えてくれた。

「……ああ……」

まだ聞きたいことはあったが、寝ろと言われたところを見ると、会話は終わったということなのだろうと高沢は櫻内の胸で目を閉じた。頬に伝わるトクトクという規則正しい櫻内の鼓動の音に、やけに安堵している自分に気づき、一体何を安堵しているのだろうと高沢は一人首を傾げる。

酷い仕打ちを詫《わ》びるでもなく、強引に宿泊所から連れ出されたことへの怒りは、なぜか少しも高沢の胸に芽生えはしなかった。怒りどころか、もしやこうして連れ出されたことを安堵しているのではないかと気づいたとき、高沢は驚きのあまり思わず目を開け、あまりにも近いところにある櫻内の顔をまじまじと見上げてしまっていた。

「どうした」

「……なんでもない……」

ゆっくりと視線を向けながら微笑みかけてくる端整な顔に、高沢は半ば呆然としながら首を横に振って答える。

胸に芽生えた安堵の念は、櫻内が自分をまだ必要としているらしいということに根ざしているのだと――それはそのまま、自分がどれだけ櫻内を必要としているかの裏返しに過ぎないということがまた高沢を狼狽《ろうばい》させてゆく。

人を必要とし、必要とされるという概念は今まで高沢の持ち得なかったものだけに、彼の動揺は激しかった。まずは落ち着こうと目を閉じるのだが、耳に響く櫻内の鼓動の音が、高沢を更に追い詰めてゆく。

人が人を必要とするというこの想いは一体――なんだ？

頭の中で渦巻く疑問の答えはわかるようでわからず、車が櫻内の自宅に到着するまでの間、高沢はじっと逞しい胸に抱かれながら、自身の心に問いかけ続けた。


三室の言ったとおり中央道は酷く渋滞しており、松濤にある櫻内の自宅に車が到着したのは深夜を随分回った時刻となった。

「お疲れ様でした」

神部が恭しい動作で後部シートのドアを開いたのに、今夜は櫻内は「ご苦労」と労《ねぎら》いの言葉をかけ、車から降り立った。

高沢が座るほうのドアは早乙女が開いてくれた。

「大丈夫かよ」

小さな声で問いかけてきた彼に、高沢は「大丈夫だ」と頷いたのだが、早乙女が尚も話しかけようとしたとき、櫻内の声が飛んだ。

「早乙女、もう下がっていいぞ」

「は、はい！」

早乙女が直立不動になり、櫻内へと身体を向けると、「お疲れ様でした！」と大声で挨拶《あいさつ》し深く頭を下げる。

「行くぞ」

櫻内が高沢の腕を引き、エレベーターへと向かってゆく。奥多摩の宿泊所から連れ出されたときには痛いほどであった彼の手は、今や高沢が振り解こうと思えば解けそうなほどの力しか籠もっていなかったが、それは多分自分が決してこの手を振り解かないということが櫻内にわかっているからだろう、と高沢は摑まれた手を見やった。

今夜も櫻内は高沢を自分の寝室へと連れていった。高沢をベッドの前に立たせると帯を解き、丁寧な仕草で浴衣を身体から剝ぎ取ったあと、背を支えながらゆっくりとベッドに横たえる。

「…………」

なされるがままになっていた高沢から下着を脱がせたとき、櫻内の眉がぴくり、と上がったのがわかった。

「…………？」

何、と目で問い返した高沢は、櫻内の唇から発せられた問いに、あ、と声を上げそうになった。

「その手当ては自分でしたのか？」

「…………」

一瞬の躊躇ののち、そうだと言えばよかったのだと高沢は気づいたが、既に後の祭りだった。

「やはり三室か」

櫻内の眉が不快そうに顰められ、吐き捨てるように手当てをした男の名を告げる。

「……別に他意はない」

言い訳めいていると思いながらも、櫻内の目に残忍な光を認めた高沢が、思わずそう言葉を足すと、

「他意があっては困る」

櫻内はますます不快そうな顔になり、身体を起こして服を脱ぎ始めた。

「……それに教官は不能だそうだ」

プライバシーかとも思ったが、櫻内が三室に何かしかねないという思いから、高沢は決して『他意』があり得ないことの証明を口にした。だがそれを聞いた櫻内はみるみる呆れた顔になった。

「不能なものか。あの若い衆は三室の愛人だ」

「え？」

思いもかけない櫻内の言葉に高沢が絶句する。

「近く養子縁組をするという話もある——養子縁組の意味はわかるな？」

「意味？」

驚きが収まらぬうちに櫻内に問いかけられ、言葉以上のどんな意味があるのだと鸚鵡返《おうむがえ》しにした高沢に、全裸になった櫻内が覆いかぶさってくる。

「この国では同性同士、結婚できないからな。養子縁組という手を使うのさ」

「そんな……」

信じられない、と目を見開いた高沢を、櫻内が真っ直ぐに見下ろしてくる。

「ショックか。敬愛していた教官がホモだというのは」

「いや……」

ショックというよりは驚いているのだ、と高沢は首を横に振った。およそ欲というものから逸脱していると思っていた三室に男の愛人がいたとはと、高沢は金子という若い男の顔を思い浮かべた。

大人しそうな印象しかないが、今から思うに小作りのなかなか整った顔をしていたと思う。言われてみれば三室の彼への信頼は絶大だったと、高沢は数時間前の彼との会話を思い出していた。

『金子は信頼に足る男だ』

あまりにあっさりと言い放ったその裏には愛人であるからという理由があったとは、と思わず溜め息を漏らした高沢は、くすり、と笑う櫻内の声に我に返った。

「まあいい。お前がショックを受けようが受けまいが、俺には関係ないことだ」

櫻内の手が高沢の頬にかかり、頬のラインをなぞるようにして首筋へと降りてゆく。

「……違う……」

じっと己を見下ろす櫻内の瞳の中にすっと影が差したような気がしたときには、高沢の口からぽろりとその言葉が漏れていた。

「…………」

櫻内の指の動きがぴたりと止まる。

「何が違うと？」

櫻内の瞳が尚一層、高沢へと近づいてくる。灯りを背にしているために彼の瞳は、深淵《しんえん》たる闇を思わせるような暗さを湛えているように、高沢の目に映った。

「ショックを受けたわけじゃない。ただ驚いたんだ」

櫻内は自分が三室の話にショックを受けていると思い込んでいる。それが誤解だということをわからせるにはどう言えばいいのか、必死で頭を絞りながらも高沢は、なぜ自分がそうまで必死になっているのかまでは理解していなかった。

常に強い光を湛えている櫻内の瞳にその輝きがないことが高沢をいたたまれない思いへと追いやっていたのだが、なぜそんな気持ちになるのかも、高沢は完全に把握していたわけではなかった。

単に彼は見たくなかった。櫻内の黒曜石のごとき瞳は常に輝きに満ちているべきである。らしくもなく暗い目をした櫻内など見たくないという自身の思いが何に端を発しているのか、それすらも高沢ははっきりと理解していなかったが、それはもしかすると単に理解から自らの意識を敢えて遠ざけているだけなのかもしれなかった。

「……三室教官には欲望などないのだと勝手に思い込んでいた。若い男を愛人にするとは思わなかった。それを驚いただけで、ショックを受けたというわけでは……」

「もういい」

一つ一つ言葉を捻り出すようにして喋っていた高沢の話を、櫻内の静かな声が遮った。再び彼の手が首筋から高沢の頬へと上ってくる。

「……そんなに必死にならずとも、昨夜のようなことはもうしないから安心しろ」

櫻内の手が、パシ、パシ、と軽く高沢の頬を叩いたあと、そのまま彼の背へと回り、裸の胸へと抱き寄せられる。

「…………」

違う――再び己の想いを伝えたいという衝動が高沢の胸に湧《わ》き起こっていた。がらにもなく言い訳めいたことを繰り返したのは、決して昨夜のような仕打ちを避けたいと思ったからではなかった。確かに身体に受けたダメージは相当なものだったが、二度とそれを味わいたくないという気持ちから必死になっていたわけではなかった。

だがそのことを伝えたい櫻内はもう、話は終わったとばかりに目を閉じてしまっている。聞いてくれと高沢は櫻内の腕を振り解き身体を起こそうとしたのだが、実際櫻内の手が緩みかけると、なぜか起き上がるのが躊躇われ、そのまま彼の胸に身体を寄せた。

二度とこの手が己の背を抱くことはないかもしれない――再び櫻内の手が己の背を抱き締めるのに安堵の念が胸に広がったとき、高沢は己が何を恐れていたのかに気づいた。

人が人を必要とするというこの想いは一体なんなのだろう。

またその疑問が高沢の脳裏に浮かんでは消える。

規則正しく上下する櫻内の厚い胸板に頬を押し当て、鼓動の音に耳を澄ませながら高沢はふと、櫻内は今、何を考えているのだろうと思い、そっと顔を上げてみた。

既に眠ってしまっているのか長い睫が白皙《はくせき》の頬に影を落としている。端整というにはあまりあるほどに整った櫻内の顔が今、酷く安らいで見えることになぜ己の胸が熱くなるのか、それすら高沢には究明できぬ謎だった。


翌朝、高沢が目覚めたときには横に櫻内の姿はなかった。のろのろと起き出し、ベッドサイドの椅子にかかっていたガウンを身につけベッドを下りたとほぼ同時に、

「失礼します！」

慌しいノックの音と共に扉が開き、早乙女が駆け込んできた。

「あれ？　組長は？」

早乙女の顔は真っ赤だった。酷く興奮しているようで、勢い込んで高沢に櫻内の居所を尋ねてきた。

「さあ……」

「『さあ』じゃねえよ、一大事なんだからよっ」

早乙女が苛立った声を上げ、どかどかと足音高く部屋の中をうろつき始める。一体どんな

『一大事』なのだろうと高沢が早乙女に問いかけようとしたとき、不意に書斎へと通じるドアが開き、櫻内が姿を現した。

「どうした、早乙女」

今朝も相変わらず櫻内の服装には一分の乱れもなかった。チャコールグレイの三つ揃《ぞろ》いのスーツが長身によく映えている。

「組長！」

普段であれば早乙女も櫻内の男ぶりに見惚《みと》れたであろうに、今日はその余裕がないのか慌てた素振りで彼へと駆け寄っていくと、一気にこうまくし立てた。

「今、大阪から連絡があったのですが、岡村組の若頭補佐が相次いで狙撃されたそうです」

「若頭補佐というと沢村《さわむら》と円条《えんじょう》か？」

早乙女の報告を聞き、櫻内の顔に一気に緊張が走る。その様子を傍らで見つめる高沢の胸にも緊張が溢れていた。

「はい。二人とも数発銃弾を撃ち込まれ亡くなったとのことです。それから住友病院の入院棟が襲撃にあいました」

「住友病院？」

八木沼の入院している病院だと高沢は驚きの声を上げたが、櫻内は今度は落ち着いていた。

「最上階の特別室を重点的にやられています。こちらも死傷者が数名出ています」

報告する早乙女も八木沼のことには一切触れない。どういうことだと眉を顰めた高沢に、櫻内が笑顔を向けてきた。

「昨日のうちに極秘裏に兄貴には病院を移っていただいている」

「……予測していたのか」

高沢の問いに櫻内は「ああ」と当然のように頷くと、早乙女に向き直り凛《りん》とした声で命じた。

「すぐ大阪に出向く。寺山《てらやま》に同道するよう伝えてくれ。行き先は岡村組組長、佐々木雄一《ささきゆういち》宅」

「わかりましたっ」

早乙女が大声で返事をし、深く礼をして部屋を飛び出していく。寺山というのは菱沼組の若頭補佐で、若頭候補の中ではナンバーワンと言われている男だった。年齢は四十五歳、組織員数は三百名。昔ながらの任侠《にんきょう》の精神を忘れない、義理人情を重んじる徳のある男で、櫻内とはかなり長い付き合いであるという。

実はこの寺山が、高沢の存在に眉を顰めているというもっぱらの評判なのだった。かつて彼の組員を高沢に逮捕されたことがあり、それが当時相当組にとって痛手になっただけに未だ確執を抱いているのだという。

恨みだけではなく、ごく真っ当な指向の持ち主である寺山には、男が男の愛人になるということ自体が理解できないらしかった。何を好き好んで、元刑事を愛人にしなければならないのだと、仲間内では櫻内の選択を憂いているらしいが、直接本人に訴えることはさすがにしてはいないようである。

櫻内の耳にも当然、寺山が高沢を疎んじているという噂は入っているであろうから、今回彼が同道するのなら自分の同行はないだろうと、高沢はそう判断したのだが、予想に反し櫻内は高沢にも同道を求め、彼を驚かせた。

「お前もすぐ支度をしろ。渡辺に手伝わせるといい」

「え？」

ボディガードとしてついて来いという意味だろうかと問い返した高沢に、櫻内が首を横に振ってみせる。

「ボディガードは別に連れてゆく。岡村組組長に弔意を表しに行くのに一緒に来いと言っているのだ」

「……しかし……」

一介のボディガードが、関西一といわれる組織のトップとの会談に同席するのはいかがなものか——しかも櫻内は先ほど、若頭補佐の寺山を連れて行くと言っていた。どう考えても寺山は拒絶反応を起こしそうなものだがと眉を顰めた高沢に、

「早くしろ」

櫻内は一言言い捨てると、「支度をする」と次の間へと消えた。

「あんたも早く、喪服に着替えたほうがいいぜ。渡辺は俺が呼んでくるからよ」

呆然と立ち尽くしていた高沢の横で、早乙女がまるで我がことのように騒いでいる。

「……ああ……」

「俺もついて行きてぇなあ」

羨《うらや》ましいぜ、と恨みがましい目を向けながらも、早乙女は早く早くと高沢を急きたて、彼の部屋へと向かわせた。

喪服はすぐに部屋に届けられ、それを着ると櫻内指名の渡辺がやってきて、洗面所で高沢の頭髪を整え髭をあたった。渡辺がヤクザよりもホストに向いていると揶揄《やゆ》されるのは、彼の整った容貌のせいもあるのだが、それよりも常に嫌味なくらいに身だしなみに気を配る洒落《しゃれ》っ気によるところが大きかった。

「よろしいでしょうか」

かっちりと頭髪を固められ、髭どころか眉まで整えられた高沢は、鏡越しに渡辺に問いかけられ、何を「よろしい」と言っていいのかわからず言葉に詰まった。

と、そのとき人のざわめく気配と共に櫻内が高沢の部屋へと入ってきた。

「見違えたな」

櫻内もまた鏡越しに高沢を見やり、満足げに笑ってみせる。

「……どこがだ」

櫻内も喪服を身に纏《まと》っていたが、漆黒の衣装はことのほか彼の白い肌に映え、匂い立つほどの色香を感じさせた。

悪態をついた高沢の横では、渡辺が鏡に映る櫻内にぼうっと見惚れていたのだが、

「いい仕事をした」

その櫻内に鏡越しに微笑まれ、傍目にもわかるほどに動揺してみせた。

「あ、ありがとうございます！」

真っ赤な顔といい、震える声といい、まさに感極まっている渡辺の肩を櫻内は軽く叩くと、その様子を啞然として見つめていた高沢へと視線を戻した。

「行くぞ」

「……ああ」

踵を返した櫻内のあとに続き高沢も自室を出てエレベーターへと向かう。

エレベーターホールでは喪服を着た早乙女がアタッシュケースを手に立っていて、櫻内のためにボタンを押した。どうやら彼もお供を許されたらしく、やたらと誇らしげな顔をしている。

何を持っているのかと高沢が目で尋ねると、『香典』と早乙女が声を出さずに口を動かし答えてくれた。八木沼への見舞いが五百万だとすると、若頭補佐を二人失った岡村組への香

典は一体いくらになるのだろうと、ぼんやりとそんなことを考えていた高沢の耳に、櫻内が小さく息を吐く音が響いてきた。

「……いよいよだな」

「……え？」

独り言のように呟かれた言葉であったが、高沢が顔を向けると、櫻内は目を細めて微笑み、強い決意を物語るかのごとくきっぱりと頷いてみせた。

「…………」

櫻内の黒曜石のごとき美しい瞳は今、強い輝きに満ちている。

眩《まぶ》しいほどのその光こそ櫻内には相応しい――煌めく瞳に思わず見惚れてしまいながらも、高沢の胸には、この先櫻内が、そして己が立ち向かうであろう新たな敵に対する闘争心が漲り始めていた。

5

大阪への移動手段は今回も車だった。高沢《たかざわ》と早乙女《さおとめ》が同乗した櫻内《さくらうち》の車の後に寺山《てらやま》の車が続き、午後二時過ぎに芦屋《あしや》の佐々木雄一《ささきゆういち》宅へと到着した。

佐々木の家の周辺は喪服姿の、一目でその筋とわかるようなガラの悪い連中と、どうやら警察関係者とみられる連中、それにマスコミの記者やらカメラマンやらでごった返していた。

櫻内の車のナンバーは既に連絡がいっていたらしく、何を言うより前に頑丈な門が開き、中へと導かれたあとまたその門は堅く閉ざされた。

情報通の記者連中は櫻内の来阪を既に知っていたようで、眩《まぶ》しいほどにカメラのフラッシュが焚《た》かれたが、スモークを施したガラスが遮り櫻内の顔が晒《さら》されることはなかった。

芦屋の一等地に三百坪の敷地を持つ佐々木の豪邸は、外の喧騒《けんそう》が嘘のように静まり返っていた。

「おいでやす」

京都のホステス上がりだという佐々木夫人が櫻内一行を出迎え、佐々木が待つという応接間へと案内した。

玄関から応接間までの回廊は長さにして二十メートルほどであったが、ほぼ二メートル間隔で若い衆が立っており、櫻内らが通り過ぎるたびに深く頭を下げて寄越した。この厳戒態勢は考えるまでもなく、若頭補佐への相次いでの襲撃のせいなのだろうと思いながら櫻内のあとに続いていた高沢だが、先ほどから背中に感じる痛いほどの視線に実は緊張を高まらせていた。

櫻内のすぐ後ろに高沢、その後ろに若頭補佐の寺山が続き、しんがりをアタッシュケースを抱えた早乙女がつとめていたのだが、寺山はこの順序に不満を感じているようで敵意のある眼差《まなざ》しを高沢に向けてきた。

寺山が不満を覚えるのももっともな話で、敢《あ》えて櫻内が若頭を空席にしている今、菱沼組《ひしぬまぐみ》のナンバー2は寺山に他ならない。高沢は櫻内のボディガードであったが、彼と杯《さかずき》を交わしているわけではなく、いわば外注契約の余所者《よそもの》であった。いくら櫻内の寵愛《ちょうあい》を一身に集めている愛人であろうとも、義理ごとといわれる弔問に同道するばかりか、己の前を歩くとは何事だと、寺山が憤懣《ふんまん》やる方ない心情であることは櫻内にも通じているであろうに、櫻内はまるで頓着《とんちゃく》せずに高沢を常に傍《そば》に置こうとし、今も高沢が早乙女のあとにつこうとするのを、「来い」と導いたほどだった。

背中には痛いほどの視線を向けてくる寺山ではあったが、面と向かうと彼は高沢と決して目を合わせようとしなかった。敢えて視界に入っていないように振る舞うのは、自分が高沢の存在を認めていないということを周囲と高沢自身に示す彼なりのパフォーマンスであろうと思われる。櫻内の手前、あからさまなバッシングをしかけてくることはなかったが、寺山が己の存在を疎ましく思っている事実を、顔を合わせて尚更《なおさら》に高沢は実感することになった。

長い回廊を渡り、到着した応接室では、青い顔をした佐々木組長が櫻内一行を出迎えた。

「このたびのご訃報《ふほう》、衷心よりお悔やみ申し上げます」

櫻内が丁重に頭を下げるのに、佐々木も立ち上がって礼を返す。

「えらいことになりましたわ」

関西一といわれる組織、岡村《おかむら》組組長の佐々木は、熾烈《しれつ》なトップ争いを経て四代目に就任した。明晰《めいせき》な頭脳と抜群の度胸で関西を取り仕切ること十数年、すっかり全国的に名も顔も売れた名物組長の一人である。

豪胆さでは右に出るものがいないと言われた彼の風貌《ふうぼう》は、巨大、の一言に尽きた。がたいも大きければ顔のパーツ一つ一つもまた大きい。ぎょろりとした目で睨《にら》まれようものなら極道者たりとて怯《ひる》まずにはおられないという押し出しの強い男であったが、今や彼の瞳には人を戦《おのの》かせる強い力はなかった。

「せや、櫻内さんには礼を言わななりません。八木沼《やぎぬま》を極秘裏に東京の病院に移してくださったそうで、ほんま、彼まであかんことになっとったら、組の看板下ろそう思うてたところでしたわ」

佐々木が櫻内の前で深く頭を下げたのに、

「どうぞお顔をお上げください。八木沼さんは私の兄貴分でもあるのですから」

櫻内が更に腰を屈《かが》め、彼の頭を上げさせた。

「せやった。兄弟杯を交わしてはったんやったな」

のろのろとした仕草で佐々木が頭を上げたあと、「どうぞ、お座りください」と櫻内にソファを勧めた。

「失礼します」

櫻内が腰を下ろしたあと、割り込むようにして隣に寺山が座る。早乙女が静かに後ずさり、ソファの後ろに立ったのに、高沢も彼に続こうとしたのだが、

「お前は座れ」

櫻内が小さな声で高沢に命じ、ちら、と寺山の隣を目で示した。

「…………」

逆らうのも何かと高沢は寺山の隣に腰掛けたのだが、腰を下ろした途端、寺山の身体《からだ》がびくっと震えたのがわかった。櫻内もそれを感じたようで、またちらと寺山を見やったが、何も言わずに目の前に腰を下ろした佐々木へと視線を向けた。

「こうしてお訪ねいたしましたのは、弔意を示したいためでもありましたが、もう一つ、誠に僭越《せんえつ》ながら何か私にお力になれることはないかと、それをお伺いに参った次第です」

「……勿体《もったい》ないお言葉、ほんま痛み入りますわ」

凛《りん》とした声で告げた櫻内の言葉を、佐々木は社交辞令と受け取ったらしい、丁寧な素振りで頭を下げてきたが、それなら、と頼んでくる気配はまるで感じられなかった。

「いえ、先ほども申し上げましたが、兄貴分である八木沼さんのためにも、ぜひとも一肌脱ぎたいと思っておるのです。差し出がましいとご不快になられるやもしれないと案じもいたしましたが、ここは東阪、手を取り合って攻防にあたるべきではないかと、無礼を承知で申し上げております」

櫻内の熱弁を聞き、弱々しさしか感じられなかった佐々木の顔に次第に生気が漲《みなぎ》ってくる。その様を高沢はある種の感動を胸に見つめていた。

若い頃より武闘派として名を馳《は》せていた櫻内はまた、非常に弁が立つことでも有名であったという。彼が出張るとたいていの争いごとは鎮まったという話をかつて高沢は櫻内フリークである早乙女から聞いたことがあったが、確かに櫻内の言葉には耳を傾けずにはいられない強烈な力があった。

ひとしきり櫻内が喋《しゃべ》ったあと、暫《しばら》くの間佐々木はじっと何かを考え込んでいる様子であった。その間に彼の妻が茶を運んできて、佐々木はその茶を啜《すす》りながら尚も考えていたが、やがて心を決めたのか、顔を上げると櫻内を真《ま》っ直《す》ぐに見据え口を開いた。

「……櫻内さん、あんた、ワシらの敵が何者か、もうアタリをつけてらっしゃるゆうことですかな」

探るように櫻内を見る佐々木の目には、今までにない強い光が宿りつつあった。さすがは関西一円を押さえる極道の長ともいうべき貫禄《かんろく》を感じさせるその光に、高沢の隣で寺山がごくりと唾《つば》を呑《の》み込む音が室内に響き渡る。

「……私の友人に台湾マフィアの若いボスがいましてね」

だがさすがというおうか、櫻内は顔色一つ変えることなく、それどころか美しいその顔に薄く微笑《ほほえ》みすら浮かべながら、まるで世間話でもするような声音で話を始めた。

「彼が日本の大学留学中にちょっとした縁で知り合ったのですが、その男が言うには、最近香港の黒社会も代替わりしたそうで、三合会《さんごうかい》のある組織のボスがたいそう幅をきかせているそうです。そのボスは非常に日本進出に興味を抱《いだ》いているらしく、いよいよ本格的に上陸したとかしないとか……」

「いやあ、参りましたわ。さすがは菱沼組の五代目、耳が早いですなあ」

櫻内の話を、佐々木の心底感心した声が遮った。

「そこまでお分かりならもう、なんも隠し立てすることはあらしまへん。まさにその、趙《チョウ》ですわ。奴がワシに大阪をシェアしようういう申し入れを突然してきたんですわ」

一気にまくしたてる佐々木に、櫻内が「そうですか」と小さく頷《うなず》き話の続きを促す。佐々木はそれまで胸に留《とど》めていた思いを吐き出すかのように詳細を話し始めたのだが、その内容は傍らで聞いている寺山を、そして高沢をも震撼《しんかん》させるものだった。

この数ヶ月というもの、夜の大阪の街は非常に物騒だったという。外国人による強盗やら殺傷事件やらで、縄張りなど無視とばかりに暴れまわる彼らに手を焼き、独自の代紋を掲げていた一本独鈷《いっぽんどっこ》の団体も、佐々木の保護を求めて傘下に入るほどであった。

警察すら手を焼く彼らの暴れっぷりを、三次団体や二次団体の組長から報告される件数も増え、いよいよ佐々木が乗り出すしかないかと腰を上げかけたそのとき、突然香港の黒社会、三合会系の組織のボスを名乗る趙という男から連絡が入った。

「会いたい、言われたんですが、八木沼が万が一のことがあってはならんとワシの代わりに会談に臨んでくれましてな。ロイヤルのスイートで会うたんですわ」

苦々しく顔を顰《しか》めた佐々木が、八木沼から聞いたという会談の内容を話し始める。

場所は先方の指定であったため、八木沼は細心の注意と最大限の防御策をとって、総勢二十名でロイヤルホテルの最上級のスイートを訪ねた。

八木沼を迎えた趙は見たところ二十五、六の品のいい顔をした長身の若者で、日本語も堪《たん》能《のう》であったそうだ。マフィアのボスというよりは、イタリアものの高級なスーツをビシッと身に着けていたその姿は、青年実業家のように見えたとのことだった。

室内には趙と、趙の右腕だというやはり顔立ちの整った若い男、それに通訳の女性の三人しかいなかったが、次の間からは数名が息を潜めている気配を八木沼は感じたという。もしも八木沼側が趙に危害を加えようものなら、扉越しにマシンガンでもぶっ放されそうな雰囲気だったそうだ。

会談はごく和やかに始まった。黒社会の古《いにしえ》の作法とのことで中国茶を振る舞われたが、万が一を思い八木沼が口をつけずにいると、

「そんな野蛮なことはいたしませんよ」

趙はさも可笑《おか》しそうに笑い自分の茶を一気に飲み干したあと、おもむろに会談の主旨を伝え始めた。

「我々と関西一円をシェアしませんか」

あたかも上に立ったかのような物言いに八木沼は一瞬呆《あき》れ、そのあと腹立ちを覚えた。だがそれをそのまま面《おもて》に出すほど彼は若くはなく、逆に余裕を見せつけようと笑ってみせたのだそうだ。

「我々としてはおたくさんと分け合うメリットを一つも見つけられませんな」

暗に、どころかはっきりとした拒絶であったが、趙はこのときとばかりに通訳を見、八木沼の言葉を中国語に訳させたあと、早口の中国語で数こと通訳に喋った。

「申し入れを受け入れていただけなかった際のデメリットをお考えになったことはありますか、と趙老大はおっしゃっています」

中年女性の通訳が、感情の籠《こ》もらない声でそう告げる傍らで、趙がニッと笑ってみせる。

わざとらしい通訳の使いっぷりと、いかにも人を見下したその笑みに、八木沼の頭にまた血が上ったが、そこは岡村組の次期組長と評されている彼である。趙の挑発に乗ることはなかった。

「ありませんな」

彼もまたにっと笑ってそう答えると、通訳が趙に伝えるのを待たず席を立った。

「用件は済みましたさかい、失礼しますわ」

ずらりと並んだ組員たちを従え、軽く会釈をした八木沼を前にしても、趙は席を立とうとしなかったという。

「残念です」

通訳を介さずそう言うと、「金《キン》、お送りしてくれ」と背後に控えていた彼の右腕と思《おぼ》しき男に声をかけた。

「はい」

金と呼ばれたその男はやせた長身の中国人だった。殆《ほとん》ど足音を立てず、しなやかな動きでドアまで駆けてゆくと、大きく扉を開いて八木沼に向かい頭を下げた。

「考えが変わりましたらいつでも連絡を欲しいと佐々木組長にお伝えください。当分の間、このロイヤルに滞在しておりますので」

八木沼が部屋を出かけたとき、笑いを含んだ趙の声が背後で響いた。

「伝えましょう」

一応の礼は尽くそうと肩越しに振り返り答えた八木沼の目に映った趙の顔は、この上なく自信に溢《あふ》れたものだったという。

その翌日、八木沼が被弾したのだと佐々木は言い、深く溜《た》め息をついて一旦《いったん》話を打ち切った。

「ワシへの見せしめですわ。手足をもぎ取ろう、いうんでっしゃろ。八木沼は運よく一命をとりとめましたが、若頭補佐の二人はあかんようになってもうた。ほんまにこの先、どないしたらええんやと頭抱えとったところに、櫻内さん、あんたがこうしてお声をかけてくださって、ほんまどれだけ心強い思うたか……」

最後は感極まって涙ぐんでしまった佐々木を前に、櫻内が少し慌てた声を出し、深く頭を下げようとする佐々木を制した。

「申し上げましたとおり、私にとっても八木沼の兄貴の仇討《かたきう》ちでもありますし、それに万が一にも大阪を中国人マフィアに占拠でもされようものなら、今後彼らは東京にも進出してくることにもなりましょう。今の内に彼らを叩いておくことは我々東京勢にとっても決して無駄ではありませんから」

気を遣わせまいと己の利益を前面に押し出してみせる櫻内の意図が通じたのだろう、佐々木の目がますます涙で潤む。

「ありがたい……ほんま、有難いこっちゃ」

おおきに、と、櫻内が止めるのもきかずに佐々木は何度も深々と頭を下げ続け、櫻内をますます恐縮させ、寺山と高沢を絶句させたのだった。


佐々木は間もなく落ち着きを取り戻し、「すんませんでしたな」と照れた顔で笑ったあと、櫻内と今後について語り合い始め、明日櫻内が佐々木の代理としてロイヤルホテルに趙を訪ねることで話はまとまった。

「それでは、のちほど結果を報告させていただきます」

既に佐々木宅を訪れてから一時間以上が経《た》とうとしていたこともあり、話が済んだのを機に櫻内は立ち上がったのだが、佐々木は櫻内になんとしてでも礼がしたいと言い出し、櫻内をはじめ、寺山や高沢をも驚かせた。

「お言葉だけで結構です」

すべては趙との話し合いが済んでからだと櫻内は固辞し続けたのだが、

「それではワシの気がすみませんのや」

佐々木に粘られるだけ粘られ、仕方がないと彼の『礼』を受ける羽目に陥ってしまった。

佐々木の言う『礼』とは、北の新地の高級クラブでの接待だった。もともと佐々木はたいそうな艶福家《えんぷくか》で、三日とあけず件《くだん》のクラブ通いをしていたのだが、八木沼が被弾したあとは外出を怖がり、屋敷から一歩も出ていなかったのだという。

櫻内の頼もしい言葉に安心したのか、ようやく女遊びの血が騒ぎ出したようで、大急ぎで車をしつらえると、櫻内一行を伴い北の新地へと繰り出したのだった。

時刻はまだ六時を回った頃だったが、佐々木が行くとの連絡がいったその瞬間に、店の開店時間は数時間早まったようだ。

「いらっしゃいませ」

佐々木がドアを開くと、煌《きら》びやかな夜の蝶《ちょう》たちがずらりと並び、一行を迎え入れた。

「いらっしゃいませ」

美女ぞろいの店の中でも、ピカ一といっていい、上品な雰囲気の和装の美女が一歩前に進み、佐々木に頭を下げた。

「今日は大切な客人を連れてきたさかい。あんじょう頼むで」

どうやら店のママらしいが、馴《な》れ馴《な》れしく彼女の肩を抱く佐々木の様子から、多分彼の愛人なのだろうなと高沢はたいして興味を覚えぬままに二人の姿を見やっていた。

佐々木が櫻内をクラブに誘ったとき、櫻内は寺山と高沢を同席させたいと佐々木に申し入れた。

「そら勿論《もちろん》、オッケーですわ。なんならあの若い衆も連れてきたらええ」

若い衆というのは早乙女のことだったが、櫻内は「まだ礼儀がなっとりませんので」と同席を許さず、もしやお供できるのではと期待に瞳を輝かせた早乙女の肩を落とさせた。

寺山は高沢も同席することに対し、一瞬不快さを顔に出したが、客人の前であるという自覚が彼を冷静にさせたらしく、「恐れ入ります」と佐々木に頭を下げた。右に倣った方がいいのだろうかと高沢も頭を下げかけたのだが、そのときようやく佐々木は高沢がどういう人物であるかに思い当たったようだった。

「……櫻内さん、この若い衆、例のボディガードでっか」

好奇心丸出しの顔で高沢をとくと眺めたあと、佐々木が櫻内に尋ねたのに、櫻内は口では答えず、肯定を示す笑顔を浮かべてみせた。

それからすぐ車の用意ができたとの連絡が入ったために話はそこで終わりになったが、佐々木は余程櫻内の『愛人』に興味を覚えていたのか、クラブで席についた途端、櫻内にまた高沢の話題を振ってきた。

「少し近くで顔見せてもろてもよろしいやろか」

「ええ、どうぞ」

興味津々、といった調子で佐々木が許可を得ようとすると、櫻内は苦笑しながら頷き、高沢に佐々木の横に行けと命じた。

「どうも」

佐々木の隣に陣取っていた、透き通るように肌の綺麗《きれい》な若いホステスが高沢のために席を空ける。高沢が頭を下げながら佐々木の隣に腰掛けると、佐々木はまじまじと高沢の顔を見つめてきた。

「いやあ、噂には聞いとったけど、なんや、想像してたお人とイメージ違うなあ」

言葉を選んではいたが、佐々木が高沢を櫻内の寵愛を一身に集めている愛人であるということが解せないと思っているのは明白だった。

「イメージですか」

はは、と櫻内が笑い、ホステスが手渡したお絞りを広げて手を拭《ぬぐ》う。

「櫻内さん自身、そんじょそこらの美女が裸足《はだし》で逃げ出す別嬪《べっぴん》やさかい、その愛人ゆうたらどないな美少年かと思うとりました」

佐々木の言葉は強《あなが》ち世辞ではなく、席についた十名近いホステス全員が、ちらちらと盗み見るように櫻内の顔を眺めていた。あまり露骨に興味を示しては、上客である佐々木の機嫌を損ねるかもしれないという配慮だろうが、それでも中には櫻内の顔にぼうっと見惚《みと》れる若いホステスもいる。美女ぞろいという点では関西一を誇るというこの高級クラブの、中でも選《え》りすぐりの十余名の中にいても櫻内の美貌はひときわ際立っている。それもまたすごいことだと高沢は己の容姿を貶《おとし》められたことになどまるで頓着せず、心の中で感心していた。

「子供は好きではないのです」

櫻内が苦笑したところに、佐々木の愛人と思われるママが、佐々木のボトルやら氷やらを盆に載せた若いホステスを二名従え席へとやってきた。

「あら、美少年のお話ですのん」

「ママ、男同士の危ないお話、好きですものね」

座が一瞬華やかな笑いに包まれる。

「なんやお前、そないな趣味があったんか」

佐々木が豪快に笑うのに、

「ばれてもうた」

いややわあ、とママが上品に笑ったあと、背後のホステスに目で合図をした。

「お、ニューフェイスやな」

佐々木が目ざといことを言い、相好を崩す。というのも、盆を手にしたそのホステスがとびきりの美女であったのに加え、彼女が身に纏《まと》っていたのが太腿《ふともも》のかなりきわどいところまでスリットの入った真紅のチャイナドレスだったからである。

「ええ、今日がデビューなの。美里《みさと》ちゃん。ご贔屓《ひいき》にしてやってね」

ママが笑顔で美里という若いホステスを前面に押し出そうとする。

「宜《よろ》しくお願いします」

美里が頭を下げたのに、彼女の艶《つや》やかな黒髪がさらりと小さな顔の周りに下がった。顔立ちと雰囲気から、中国人か韓国人ではないかという印象を与えていたが、言葉は綺麗な日本語である。確かに美女だなと高沢は見るとはなしに美里というホステスがお辞儀するさまを眺めていたのだが、彼女が顔を上げる直前、華奢《きゃしゃ》なその身体から微《かす》かに滲《にじ》み出る殺気に気づいた。

「危ない！」

気づいたときには高沢の身体が動いていた。傍らに座る佐々木を庇《かば》おうと覆い被《かぶ》さったのと、美里が盆を手から離して屈み込み、スリットの間に手を差し入れ取り出した拳銃の引き金に手をかけたのが同時だった。

ダーン、と店内に銃声と共に、ホステスたちの悲鳴が響き渡る。佐々木を押し倒すようにして庇った高沢は撃たれることを覚悟していたのだが、銃弾が発射されたのは美里の銃ではなかった。

「……くっ……」

美里が撃たれた肩を庇い、苦痛に顔を歪《ゆが》めながらその場に膝《ひざ》をつく。美里よりも一瞬早く発砲し、彼女の肩を撃ち抜いたのは誰あろう――櫻内だった。

すっくと立ち上がり、いつの間に懐に忍ばせていたのか、愛用している三十八口径の銃を構えた櫻内の姿に、その場にいた皆が見惚れた。

額に一筋、はらりと前髪が落ちているその顔は微かに紅潮し、美里を真っ直ぐに見据える瞳には夜空の星の煌めきを思わせる光が満ちている。もとより美しい楼内の顔がその瞬間、まさに美神というに相応《ふさわ》しいほどに輝いているさまに、撃たれた美里までもが目を奪われていた。

とそのとき、ばたばたと店を出てゆく数名の足音が響き、皆が一斉にはっと気を取り直した。

「待て！」

逃げようとした美里を、佐々木の組の若い衆が五、六名で取り押さえる。その光景を尻目に高沢は体勢を立て直すと店の入り口目掛けて走っていた。

店を駆け出していったのは、バーテン姿の若い男ともう一人、バーテンの先に立っていた地味なスーツを着た長身の男だった。高沢が目をやったとき、ちょうどその男がドアを出る直前だったのだが、殆ど後ろ姿といってもいい横顔がちらりと見えた、その顔を見た瞬間、高沢は駆け出したのだった。

いきなり行動を起こした高沢に驚いたホステスたちが悲鳴を上げる。彼女たちをかきわけるようにして入り口へと走り、勢いよくドアを開いて高沢は店を飛び出した。カウベルの音がやかましいほどに鳴り響くのを背後に聞きながら周囲を見回す。銃声を聞きつけたらしい野次馬たちが早くも集まってきていたが、バーテンの姿も地味なスーツの男の姿も、既に人

波にまぎれて見出《みいだ》すことはできなかった。

「行くぞ」

暫《しば》し立ち尽くしていた高沢は、背後から肩を叩かれ、はっと我に返った。今更のように彼の耳に、遠くパトカーのサイレン音が響いてくる。

「裏口から出る。東京に戻るぞ」

高沢の肩を叩いたのは櫻内だった。彼のすぐあとには猿轡《さるぐつわ》を噛《か》ました美里を肩に担いだ寺山が続いている。

来い、というように櫻内に顎《あご》をしゃくられ、高沢は半ば呆然《ぼうぜん》としながら彼の後に続いたのだが、裏口があるという地下への階段を降りきったとき、寺山を先に行かせた櫻内がふと高沢を振り返った。

「奴か」

寺山は櫻内が自分に問いかけたと思ったらしく、足を止めると戸惑った顔で振り返った。どうやら櫻内が誰のことを問うているのか、彼にはわからなかったようだ。だが櫻内の視線が高沢へと向いていることに気づくと忌々しげに顔を顰め、美里を肩に担いだまま鉄の扉を出ていった。

櫻内の問いかけの意図は、高沢にはわかりすぎるほどにわかっていた。見惚れるほどの煌めきをみせていた櫻内の瞳には、今も幾千もの星の輝きと見紛《みまが》う美しい光が宿っていたが、その光の向こうには燃え盛る怒りの焔《ほむら》があった。

「……ああ……」

頷いた高沢の目の前で、櫻内の瞳の煌めきが一段と増した。瞳の奥の焔は彼を見つめる高沢を焼き尽くさんばかりに激しく燃え盛る。

「やはり来ていたか」

ふふ、と櫻内が含み笑いをし、すっと高沢から目を逸《そ》らした。呪縛《じゅばく》に捕《と》らわれていたかのように櫻内の瞳から目を外せずにいた高沢の、変に強張《こわば》っていた身体から力が抜ける。

「逃がしはしたが焦ることはない。奴を燻《いぶ》り出す手立ては既に整っているからな」

高沢に話しかけているというよりは、まるで独り言のような口調で櫻内はそう言うと、またすっと目を上げ高沢を真っ直ぐに見据えてきた。

「お前は何故《なぜ》奴を追った？」

「…………」

櫻内の思わぬ問いに高沢は一瞬絶句した。

何故——考えるより前に『彼』を見た途端、勝手に身体が動いていた。問われて初めて高沢は、追いついたあと『彼』にいかなる言葉をかけようとしていたのか、自分が少しの考えも持っていなかったことに気づかされたのだった。

高沢にとってはかつての友であり、今や櫻内をこの上なく不機嫌にさせる男の顔が、高沢の脳裏に蘇《よみがえ》る。

イタリアもののスーツを着こなし、出世街道を猛進していた彼と同一人物とは思えぬほどにうらぶれていたが、発砲と同時に店を駆け出していったのは確かに西村《にしむら》だった。

殆ど頰のラインしか見えぬほどの横顔がちらと視界を掠《かす》めただけだというのに、自分が彼を見間違うわけがないという確信を抱いて追いはしたものの、追ってどうするつもりだったのだろうと高沢は暫し櫻内の前で呆然としていたのだが、

「行くぞ」

再び櫻内に声をかけられ、はっと我に返った。

「…………」

真っ直ぐに己へと腕を伸ばしてくる櫻内の、瞳の奥に燃え盛っていた焔はいつしか影を潜め、穏やかにすら見える笑みが彼の顔には浮かんでいる。

その顔を見た高沢の脳裏に、『嵐の前の静けさ』という言葉が浮かんだが、まさに嵐のごとき波乱に満ちた展開が彼を待ち受けていた。

櫻内が帰京に使った手段は往路の車ではなくヘリだった。ヘリポートに到着したとき、高沢は同じヘリにあの美里というチャイナ服のスナイパーが押し込まれてきたのに驚き、どういうことだと思わず櫻内を見やった。

「色々喋ってもらわなければならないからな」

櫻内は高沢の視線にすぐに気づき、にっと笑いかけてきた。

「しかし……」

スナイパーの小さな顔はすっかり血の気《け》を失っており、意識がないようだった。止血はしてあるが東京まで運ぶのは無理ではないのかと、彼女の生命を案じ高沢が口を開きかけたのに、

「東京に医者を用意している。ここから一時間もかからないだろう。相当鍛え上げているようだから、滅多なことでは死にはしない」

櫻内はいとも簡単にそう言い捨て、操縦士に離陸を命じた。

櫻内の言うとおり、東京までは一時間もかからなかった。都下のヘリポートには既に車が

待機していて、櫻内と高沢、それに気を失っている美里を乗せ、新宿は歌舞伎町にある菱沼組の組事務所へと向かっていった。

菱沼組の事務所は地上五階地下三階の、瀟洒《しょうしゃ》なオフィスと見紛う近代的なビルである。美里は地下室へと運び込まれ、そこに待機していた櫻内のお抱え医師、秋山《あきやま》の治療を受けた。

三十分ほどの手術の後、櫻内と高沢のもとに手術の成功を報告すべく秋山がやってきたのだが、その際彼から驚くべき事実がもたらされた。

「男でしたよ」

絶世の美女だと思われていたかのスナイパーは生粋《きっすい》の男性であると知らされ、驚きに目を見開いたのは高沢のみだった。

「やはりな」

櫻内は当初から予測していたようで、たいして興味もなさげに頷いたあと、傷の具合を秋山に尋ねた。

「弾は貫通していますから、たいした傷じゃあありません。回復も早いと思いますよ。今は麻酔で眠っていますが、じき目を覚ますんじゃないでしょうか」

「ご苦労」

秋山を労《ねぎら》ったあと、すぐ櫻内は若い衆に命じ、『美里』と名乗った若い男を鎖でベッドに縛り付けさせた。部屋の中に三名、外に二名の見張りを立て、スナイパーが逃げ出すことがないよう万全を期すると、目を覚ましたら呼ぶようにと指示を出し、櫻内は高沢を連れて自宅へと戻った。

車の中から櫻内は佐々木に電話をかけ、無事に東京に到着したことと、スナイパーの治療が終わったことを報告した。

「趙との取引もこれで優位に立てるでしょう」

櫻内のこの言葉に、電話の向こうでは佐々木が、どういう意味かと問いかけたらしい。

「あのスナイパーが八木沼の兄貴をはじめ、岡村組の若頭補佐を相次いで手にかけた男だと思われます。が、どうもそのスナイパー、趙老大のごく近しい身内という噂なのです」

櫻内の答えを聞き、電話の向こうで佐々木が上げた驚きの声が高沢のところまで響いてきた。高沢自身、櫻内の情報収集の早さに驚きを禁じえなかったのだが、櫻内は淡々と知り得た情報を佐々木に話し続けていた。

「趙の組織は三合会の中では新参ですが、ここにきてめきめきと頭角を現してきました。その最たる要因があのスナイパーの働きだというのです。これ、と狙《ねら》った標的は外したことがないのだそうで、趙にとっての邪魔者をこれまで排除し続けてきたのがあの女装の男だという話です」

噂によると、趙の腹違いの兄弟らしいと櫻内は話を締めくくった。

「趙にとってはあのスナイパーを失うのは大変な痛手となります。また、噂どおり彼が趙の兄弟であるのなら、ますます趙は彼を捨て置けなくなるでしょう。中国人はことさらに家族を大切にする人種ですからね」

「…………」

嫣然《えんぜん》と微笑みながらそう告げた櫻内が、高沢へとちらと視線を向けてくる。目が合って初めて高沢は、自分がいつしか呆然と彼の美しい顔を見やってしまっていたことに気づいた。

「間もなく先方よりコンタクトをとってくるでしょう。あとはどうぞお任せください」

櫻内は余裕すら感じさせる口調でそこまで言うと、「それでは」と電話を切り、改めて高沢へと向き直った。

「どうした」

見惚れるような笑みを浮かべ、問いかけてきた櫻内の手が真っ直ぐに高沢の頰へと伸びてくる。

「……情報収集能力に感動していた」

胸の内を高沢がそのままぼそりと答えたのに、櫻内がらしくなくぷっと吹いた。

「？」

別に笑われるようなことを言った覚えはないのだが、と眉《まゆ》を顰《ひそ》めた高沢の頰に櫻内の手が添えられる。

「とても感動しているようには見えないがな」

ふふ、と笑いながら櫻内がゆっくりと顔を近づけてきた。唇同士が触れる直前、櫻内の動きがぴたりと止まる。

「……珍しいこともあるものだ」

「え？」

くすり、と笑って櫻内が告げた言葉と共に、彼の唇から漏れる吐息が高沢の唇を擽《くすぐ》る。背筋をぞわりと何かが這《は》い上ってくる感触に高沢の身体がぴくっと微かに震えたのに、櫻内はまたくすりと笑うと、親指で高沢の唇をすっと撫《な》でた。

「……っ」

今度は誰の目にもわかるほどにびくりと身体を震わせた高沢に、櫻内が覆いかぶさってくる。

「いつも『人目が人目が』と煩《うるさ》いが、今日に限っては気にならないと見える」

「いや、それは……」

言われてみればその通りだと、高沢は今更の抵抗を試みようとしたのだが、そのときには既に櫻内に唇を塞《ふさ》がれてしまっていた。

「……ん……」

噛み付くような激しいキスを防ぐ手立てはなく、そのままシートに押し倒される。今日の高沢は羞恥《しゅうち》の念を手放したとでも思っているのか、櫻内は手早く高沢のタイを緩め、シャツのボタンを外して前を開かせると、唇を高沢の裸の胸へと滑らせてきた。

「……おいっ……」

櫻内の車はたいていの場合神部《かんべ》が運転しているのだが、大阪に行くのに彼が運転していたため、今神部は車にて帰京途中である。それ故櫻内らの車は普段高沢が滅多に顔を見ないような若い衆がかわりに運転しているのだが、後部シートの櫻内と高沢の様子にその若者が息を呑んだ気配が伝わってきて、高沢をいたたまれない思いにさせた。

「……よせ、こんなところで……」

「ようやくいつもの『よせ』か」

胸を舐《ねぶ》る櫻内の肩を押しやり、身体を起こそうとした高沢に、櫻内は揶揄《やゆ》しているのがありありとわかる口調でそう言うと、指先で高沢の胸の突起を摘《つま》み上げた。

「……っ」

痛みを覚え身を竦《すく》ませた高沢の胸に、櫻内は再び顔を伏せるともう片方の胸の突起をコリッと音がするほど強く嚙んでくる。

「痛っ」

思わず悲鳴を上げた高沢だったが、胸からすうっと下肢へと滑り降りてきた櫻内の手が握り締めた彼の雄は、熱を孕《はら》み始めていた。

「痛いくらいの刺激が好きと見える」

下肢を揉《も》みしだくように手を動かしながら、櫻内が尚《なお》もからかいの言葉を口にする。悪態をつきたいが、既にまともに喋れるような状態ではなく、己の身体が一気に昂まってゆくのを高沢は唇を嚙んで堪《こら》えていた。

「……あっ……」

櫻内の手が高沢のスラックスのファスナーを下ろし、勃ちかけたそれを外へと出すと勢いよく扱《しご》き上げてくる。直接的な刺激に高沢の雄はあっという間に勃ち上がり、先端から零《こぼ》れる先走りの液が櫻内の繊細な指を濡《ぬ》らし始めた。

「……くっ……」

櫻内が高沢を扱き上げるたびに、くちゅくちゅという濡れた音が淫猥《いんわい》に車内に響き渡る。運転席の若い衆がごくりと唾を呑みミラー越しに後部シートを窺《うかが》い見ている、その様が高沢の視界を過《よぎ》り、いくら欲情に流されようともさすがにそこまで人目を気にせずにはいられないと、必死で身体を捩《よじ》って櫻内の手から逃れようと試みた。

「無駄なあがきだな」

だが彼の抵抗はあっさりと櫻内に押さえ込まれ、逃れるどころか逆にスラックスを下着ごと足首まで引き下ろされてしまった。裸の尻が革のシートに触れ、冷たいその感触に身体を震わせた高沢の両脚を櫻内が抱え上げようとする。

「……いい加減に……っ」

車中でどこまでやる気だと高沢は櫻内を睨み上げたが、櫻内は意に介さずといった調子で高沢に腰を上げさせると、露《あら》わになったそこに指を挿入しようとしたのだが、ちょうどそのとき、運転をしていた若い衆の遠慮深い声が響いてきた。

「あの、組長、いつもの道が工事中のようなのですが、迂回《うかい》してもよろしいでしょうか」

「…………」

櫻内の動きがぴたりと止まる。この隙にとばかりに高沢は彼を押し退《の》け起き上がると、足首にたまるスラックスを引き上げた。

「なんの工事だ。ガスか、水道か」

「水道のようです」

服を身につけ始めた高沢に、櫻内はちらと不満そうな視線を向けたが、すぐ前を向き、今度は助手席に座っていた佐藤《さとう》という中年の組員に問いかけた。

「報告が来ていないが、もともとこの道での水道工事の予定はあったのか」

「も、申し訳ありません。すぐ調べます」

佐藤が櫻内を振り返り、しゃちほこばって答えたあと、内ポケットから携帯電話を取り出した。

「大変申し訳ありません。以前より予定されていた工事とのことです。単なる報告漏れのようです」

どこに連絡をしたのか、一分もかからぬうちに確認を取り終えた佐藤が後部シートを振り返り深く頭を下げる。

「そうか」

佐藤は強面《こわもて》の、見るからにヤクザの幹部という容姿をしているのだが、その彼が櫻内の叱《しっ》責《せき》を恐れて顔面蒼白《そうはく》になっている。指を詰める覚悟くらいはしていそうな佐藤の様子に、たかだか道路工事を把握していなかったくらいで大仰なことだと高沢は内心舌を巻いていたのだが、あとから彼は櫻内がこの種のケアレスミスを何より嫌うのだということを知った。

「本当に申し訳ありません」

佐藤が広い肩幅を小さく折りたたむような勢いで狭め、深々と頭を下げるのに、櫻内はもういいというように軽く首を横に振った。

「今後暫くはいつも以上に気を引き締めることだ。死にたくなければな」

薄く笑って告げた櫻内の口調は穏やかであったが、その言葉を聞いた佐藤の顔はますます青くなった。

「か、かしこまりました」

本当に申し訳ありません、と、何度も頭を下げて寄越す佐藤の姿は既に櫻内の視界には入っていないようで、

「車を出せ」

櫻内は佐藤以上にびくびくと背後の様子を窺っていた運転手の若い衆に声をかけた。

「は、はい！」

飛び上がらんばかりのリアクションを取った運転手が、慌てて車を発進させる。

「……そのうち東京も物騒なことになるだろう」

キキ、とタイヤを鳴らし、車が急発進したそのとき、音に紛れて櫻内が歌うような口調で告げた言葉が高沢の耳に響いてきた。

「…………」

言葉の内容とは裏腹に、楽しみで仕方がないとでもいわんばかりの明るい声に、高沢は思わず櫻内の顔へと視線を向ける。

「ん？」

なんだ、というように目を細め、高沢に笑みを向けてくるその顔はやはり酷《ひど》く上機嫌に見えた。

まるで東京が物騒になるのを待ち望んでいるかのようだと思う高沢の頭にふと、もしや櫻内は本当に待ち望んでいるのかもしれないという考えが浮かんだ。

かつて武闘派の雄として名を馳《は》せていた彼にとって、中国人マフィアとの間で繰り広げられるであろう抗争は、血湧《わ》き肉躍る楽しみ以外の何ものでもないのかもしれないと——。

「何をぼんやりしている」

その櫻内に笑いを含んだ声で問いかけられ、高沢ははっと我に返った。

「……いや……」

向けられる彼の笑顔は花のように美しく、かつ穏やかである。優しげな顔の下に獰猛《どうもう》な顔を持つ、美しき獣が今まさに牙《きば》を剝《む》かんとしている姿は、滅多なことでは動じない高沢をも震撼させるほどに迫力のあるものだった。

「今のうちにせいぜいぼんやりしておくんだな」

笑いながら櫻内が高沢へと手を伸ばし、繊細な指先で、今日はかっちりと固めた高沢の髪をかき回す。

「スナイパーの居所が知れれば、すぐにアクションを起こしてくるだろう。まあ、時間の問題だな」

くしゃくしゃと高沢の髪をかき回しながら、櫻内はそこまで言うと、じっと高沢の目を見つめてきた。

「我々が何者であるかを熟知している『彼』があの場にいたからな。すぐに趙に報告がいくことだろう」

「…………」

『彼』――それが誰を示すのか、問わずともわかるその顔が高沢の脳裏に蘇る。

「明日には何かしら連絡が入るだろう。さてどう出てくるか――」

楽しみだ、と微笑んだ櫻内の予測よりも、中国人マフィアの行動は素早かった。

その夜のうちに高沢の携帯に、懐かしい友から連絡が入ったのである。


松濤《しょうとう》の自宅に戻ると、櫻内は高沢を伴い寝室へと向かった。車中の続きをしようということであったが、間もなく歌舞伎町の事務所よりスナイパーが意識を取り戻したという連絡が入り、行為は中断された。

「すぐ行く」

寝室に伝言を届けにきたのは渡辺《わたなべ》だった。全裸で櫻内に組み敷かれている高沢の姿を前にし、いたたまれなさからかしどろもどろに報告する彼の言葉を聞くと、櫻内はすぐにベッドから身体を起こし、言葉どおり『すぐに』支度をして事務所へととんぼ返りをすることとなった。

櫻内はなぜか高沢に同行を求めなかった。

「たいして見せたいものでもないからな」

お前は残れ、と意味を図りかねる言葉を残し、風のように部屋を出てゆく櫻内を見送ったあと、高沢は彼の部屋で風呂に入り、自室へと戻った。

体調がすぐれなかったせいもあり、短時間での東阪往復は高沢を酷く消耗させていた。これでは明日からの仕事にも差し支えると、高沢は身体を休めようとベッドに横たわったのだが、そのとき枕元に置いた携帯が着信に震えたのに気づき、起き上がってディスプレイを見た。

「？」

高沢の携帯電話は組からの支給品だった。番号を知る者は組関係者以外誰もいない。ボディガードの仕事中以外は、余程の緊急時でないとかかってくることなどない上に、必ずかけてきた相手の番号が表示されるのだが、今、ディスプレイには『ヒツウチ』の文字が浮かんでいた。

妙な胸騒ぎを覚えながら高沢は通話ボタンを押し、応対に出た。かつて刑事だった頃、捜査中にこの種の胸騒ぎを感じたときには、必ずといっていいほど事態は警察の、そして高沢の望まぬ方向へと転じたものだった。危険の匂いを誰より敏感に感じ取る己の勘が今回も正しく発動したことを、電話の向こうの声を聞いた途端に高沢は察した。

『俺だ』

「…………」

喧騒の中、低い声が響いてくる。名乗らずともそれが誰の声であるか、高沢にはすぐにわかった。

『誰にも知られずに会いたい。出てきてもらえないか』

まるで恋人を誘うかのような甘い声音を出す男の名が、高沢の口から漏れた。

「西村……」

『汐留《しおどめ》のHホテルのバーにいる。そこからなら三十分もしないで来られるだろう？』

待ってる、と西村が囁《ささや》くような声で告げ、電話は切れた。

「…………」

ツーツーという発信音を聞きながら、高沢は一瞬呆然と立ち尽くしていたが、すぐに携帯をベッドに放り投げると、クローゼットへと向かい、服を取り出し着替え始めた。

ものの五分で支度をしたあと、拳銃をジャケットの内ポケットにしのばせ、携帯を持って部屋を出る。エレベーターから地下駐車場に向かう間、数名の若い衆とすれ違ったが、今日は櫻内から何の指示も出ていないようで、呼び止められることはなかった。

いつも使用している国産の大衆車と言われる車に乗り込み、エンジンをかける。ナビを操作し場所を確認すると、高沢は車を発進させた。

罠《わな》だ——考えるまでもなく、西村の呼び出しが罠以外の何ものでもないことは、高沢にもわかっていた。

彼が知り得るはずのない携帯の番号を知っていること自体が不自然であるし、何よりこのタイミングでの呼び出しである。罠でないはずがないとわかっていたが、それでも高沢は西村の呼び出しに応じずにはいられなかった。

大阪でちらと視界を掠めた西村の顔が高沢の脳裏に蘇る。うらぶれた姿をしていた彼が、今いかなる境遇にいるのか――岡村組の佐々木組長狙撃《そげき》の場に居合わせたところを見ると、どうも趙という中国人マフィアと関係があると思われる。

かつて東京のヤクザと癒着し私腹を肥やしていた彼が、その後大阪の団体に迎え入れられ、やがてその組織から鉄砲玉に仕立て上げられたという経緯を高沢は頭の中で描いていた。

輝かしい警察のキャリアの地位から、次々と転落していった西村は今や中国人マフィアの手先にまで身を落としたということなのだろうか――その考えが頭に浮かんだとき、彼の胸は嫌な感じで脈打ち、思わぬ身体の反応に高沢は戸惑いを覚えた。

堕ちてゆく友への哀れみか――哀れんでいるというよりは、信じられないという思いが強いのだと思う高沢の口から抑えた溜め息が漏れる。

今更『信じられない』などと思う自分にも、高沢は戸惑いを覚えていた。

警察をクビになった原因を作ったのも西村なら、櫻内を呼び出すため自分を捕らえ、チンピラに輪姦《まわ》させるシナリオを書いたのも彼だった。何人もの男に嬲《なぶ》られたあと、西村自身にも犯されたことを思い返す高沢の胸はまた嫌な感じでどきり、と脈打ち、またも戸惑いを覚えた高沢はふと見やったバックミラーに映る己の顔がやけに苦々しい表情を浮かべていることに今更のように気づいた。

『……もしかしたら俺はずっと……こうしてお前を抱きたかったのかもしれない』

うっとりした口調でそう言い、己の精を吐き出すべく西村が黙々と突き上げを続けていたことを思い出す高沢の口から、自分でも思いもかけぬほどの大きな溜め息が漏れる。

「…………」

あれは一体どういう意味だったのか——果たして意味などあったのかと思いながら、また大きな溜め息を漏らしそうになっていることに気づき、高沢はきゅっと口元を引き締めてそれを制した。

西村にとっての己の存在はいかなるものであったのか。そして自分にとっての西村は一体いかなる存在であるのか——答えの見えない問いが高沢の頭の中で渦巻いている。

その答えを見つけるためには、西村本人と対峙《たいじ》するしかない。それゆえ彼の呼び出しに応じることにしたのだという考えは、いかにもあとづけの、それこそとってつけたような説明だと高沢は一人首を横に振った。

まだ彼に会いたいと思っていると言うほうが、自分の心情には適しているような気がする、という己の考えに半ば愕然《がくぜん》としつつ、高沢はそろそろ近づきつつある汐留の高層ビル街へと視線を向け、混《こ》み始めてきた道へと意識を集中させていった。

高沢の運転する車は約三十分後に汐留のホテルの駐車場に到着した。エレベーターを乗り継ぎ最上階のラウンジを目指す途中、乗り合わせた客たちの姿に、高沢は己の格好がこの高級ホテルには適していなかったということに気づかされた。

まだ早い時間であったため、ラウンジは比較的空いていた。待ち合わせだと言い中に入ると、窓辺の席に一人で腰をかけていた男が高沢を振り返った。

「やあ」

親しげに微笑み右手を上げてきた男に、高沢は真っ直ぐに歩み寄ってゆく。かつてはこの素晴らしい眺望の、高級感溢れるラウンジにこれほど相応しい男はいまいと思わせるビジュアルを誇っていた彼が、今や高沢以上にこの場の雰囲気にそぐわぬようなやさぐれた姿をしていた。

常にかっちりと整えられていた頭髪は、不潔感はないものの今や伸び放題となり額を覆っている。服装も高沢が大阪で見たままのよれたジャケット姿で、イタリアの高級ブランドを颯爽《さっそう》と着こなしていたかつての彼を知るだけに、その落差に高沢は驚きを禁じえなかった。

「座ったらどうだ」

会うのは随分久しぶりになるというのに、西村の口調はまるで以前と変わらなかった。二人の立場も間柄も、以前とは百八十度違うというのに、そんなことを微塵《みじん》も感じさせない西村の笑顔を前にし、高沢の胸に初めて彼への憤りが芽生えた。

「お前もバーボンでいいか？　それともビールにするか」

バーテンが高沢の背後に立ったのに、西村が気づいて高沢にオーダーを確認する。見ると彼の前にはウイスキーのグラスとチェイサーの水が置いてあった。

「待っている間に随分飲んだ」

高沢の視線を追った西村が、少し照れたような顔で笑う。言われてみれば彼の、痩《や》せて削げている頬に朱がさしているような気もしたが、彼が酒には相当強く滅多なことでは酩酊《めいてい》しないことを高沢は誰より知っていた。

「ビールを」

西村にではなく、高沢は直接バーテンにオーダーすると、西村が目で示した彼の隣の席に腰掛けた。二人がけのソファが窓に向いて置いてあるこの席は多分、恋人同士が愛を語らうには適しているのであろうが、愛どころか友好的な話になる確率の著しく低い男二人にとっては息の詰まる距離だった。

間もなくバーテンがビールのグラスを運んできた。

「乾杯」

西村が自分のグラスを目の高さに上げて微笑むのを高沢はちらと見やったあと、何も言わずにビールに口をつけた。

「元気そうで何よりだ。少し痩せたか？」

西村は相変わらず親しげな口調でそう言うと、高沢の顔を覗《のぞ》き込んできた。

「…………」

高沢は無言でグラスを置くと、西村を真っ直ぐに見つめ返した。店内に低く流れるジャズの音楽と、少し離れた席に座る男女の囁き声が微かに響く中、西村と高沢、互いに見つめ合う沈黙の時間が暫くの間流れる。

「琳君《リンジュン》を返してくれないか」

先に口を開いたのは西村だった。ふっと目を細めて微笑むとそう言い、グラスを一気に呷《あお》ってみせる。

「リンジュン？」

カラン、と西村のグラスの氷が音を立てたのにつられたように高沢もグラスを手にとる。

一口ビールを飲んだあと、半ば予測しつつ、誰だという意味を込めて問い返した彼に、

「あの中国人スナイパーだよ」

西村は予想どおりの答えを返し、手を上げてバーテンを呼んだ。

「同じものを」

オーダーしてすぐにバーテンを追い払うと、西村は笑顔で話を続けた。

「彼女——ああ、もう、『彼』だとわかっているかな。琳君は無事だろうか。まあ、あの櫻

内組長のことだから、大切な人質を殺すことはないと思うが」

「西村」

滔々《とうとう》と話し続ける西村を、高沢は名を呼び制した。

「ん？」

高沢の硬い声とは裏腹に、かつてのエリートぶりを彷彿《ほうふつ》とさせる優雅な笑みを浮かべ、西村がまた高沢の顔を覗き込む。

「今、何をしている？」

高沢のこの問いかけを聞いた途端、ぴくり、と西村の頬が引きつった。

「中国人マフィアの手先になったのか？」

高沢が問いを重ねるのに、西村の顔からは笑いが消え、ぴくぴくと頬が痙攣《けいれん》し始める。

「鉄砲玉の次はマフィアの手先か。一体どこまで堕ちれば気が済むんだ」

高沢の口調が次第に糾弾に近くなってくる。珍しくも自分が昂《たか》ぶっていることを感じながらも、尚も追及を続けようと口を開きかけた高沢を、

「もういい」

西村の悲愴《ひそう》にも聞こえる声が遮った。

「西村」

ストレートのウイスキーが入ったグラスを一気に空ける、かつての友の名を呼ぶ高沢の声

に自然と痛ましさが滲む。そのとき高沢は、西村が一瞬酷く傷ついた顔をしたのを見た気がしたが、

「なあ」

グラスをテーブルに下ろし、高沢へと顔を向けてきた西村の頬はもう痙攣しておらず、かつてとまるで同じ優雅な笑みが浮かんでいた。

「覚えているか？」

それまでの会話を一切忘れたように、西村が笑顔のまま問いかけてくる。一体どういうつもりなのかと内心首を傾《かし》げながら問い返した高沢は、続く西村の答えに息を呑んだ。

「何を」

「俺に抱かれたことを」

「…………」

目を見開いた高沢の、膝に置いた手を西村が握り締めてくる。反射的にその手を振り払おうとした高沢の視界がそのとき、ぐらり、と揺れた。

「……西村……」

「ビールに睡眠薬を入れさせてもらった。そろそろ効いてきたようだな」

西村の顔が歪み、笑いを含んだ声がやけに遠いところに聞こえる。朦朧《もうろう》としてきた意識の中、それでも己の手を握る西村の手の熱さはやたらと鮮明に感じられ、嫌悪感からその手を

振り解《ほど》こうとした高沢の耳に、西村の朗らかにすら聞こえる声が響いてきた。

「抱くまでは確信を持てなかった。だが抱いてみてはっきりと自覚したよ。俺はお前をずっと抱きたいと思っていたことをな」

西村がますます強い力で高沢の手を握り、もう片方の手を肩へと回してしっかりと己の胸へと抱き寄せようとする。

「……馬鹿な……」

思わず呟《つぶや》いた高沢の耳元に西村の唇が寄せられる。

「さっきお前は俺に、どこまで堕ちるつもりかと聞いたな」

西村が囁くたびに、熱い吐息が高沢の耳朶《じだ》にかかる。殆ど意識を失いつつある高沢の身体に悪寒が走り、更に近く顔を寄せてくる西村から逃れようと身体を捩った彼をしっかりと抱き締めながら、西村は尚も囁き続けた。

「……お前を再び抱くためなら、俺はどこまでだって堕ちるよ、高沢」

ゆっくりと西村の唇が高沢の唇へと落ちてくる。

「……よせ……」

顔を背けようとした高沢の頬に西村の手が添えられ、強引に唇を塞がれそうになったそのとき——。

「そのくらいにしておくんだな」

いきなり背後で凛とした声がしたと同時に、どかどかと大勢の人間が店に駆け込んでくる足音が響き渡った。

「な……」

西村がぎょっとしたように高沢の身体を離して立ち上がる。

「…………」

朦朧とした意識の下、高沢はソファに寄りかかり、頭を上げて背後を見やった。

「遅くなったな」

そんな彼に悠然と微笑みかけてきたのは誰あろう——『誰にも知られずに会いたい』という西村の言葉を裏切り、高沢が彼との会談の場所を事前に知らせた相手、櫻内であった。

7

汐留のHホテルのラウンジは今や、目つきの悪い男たちに占拠されていた。恐れをなした一般客たちが次々と出てゆく中、呆然と立ち尽くしていた西村が櫻内を見、続いて高沢へと視線を向けた。

「お前が知らせたのか」

掠れた声でぼそりと告げられた西村の問いに、高沢がこくりと首を縦に振る。

「誰にも言うなと言ったのに？」

西村が責めるような口調で尚も問いを重ねようとする。が、そのときには周囲を取り囲んでいた菱沼組の若い衆が、両脇から彼を羽交い締めにしていた。

「ああ」

それでも尚西村は、燃えるような目で高沢を見ていたが、高沢がはっきりと頷いたのを見て、がくりと肩を落とした。

「そうか」

項垂《うなだ》れた西村の肩が細かく震え始める。

「そうか」

くつくつという笑い声が俯《うつむ》いた西村の口から漏れ、やがて哄笑《こうしょう》というに相応しい大笑いとなっていった。

「お前が知らせたのか」

あはは、と笑いながら西村が高沢を見る。

「それがどうした」

だが彼の笑いは、薬で意識が朦朧としている高沢の代わりとばかりに答えた櫻内の声を聞いた途端、ぴたりと止まった。

「殺せよ」

ゆっくりと櫻内へと顔を向けた西村が、にやりと笑う。すっかり血走った目がぎらぎらと光っているさまは異様な雰囲気に満ちていて、櫻内の背後に立つ組員たちは一様にぎょっとした顔になったが、櫻内だけはあたかも物体を見るかのような冷たい眼差しを真っ直ぐに西村へと向けながら、優雅に首を横に振ってみせた。

「殺したいのはやまやまだが、今はその時期ではない」

「なにを？」

西村が一瞬虚を衝かれた顔になる。

「そろそろ警察が来るだろう。続きは事務所で話そう」

西村の疑問を櫻内はあっさりかわすと、彼を捕らえている若い衆に目で合図を送った。

「かしこまりました」

若い衆が西村を抱えるようにして歩き始める。

「騒ぐようなら猿轡でも噛ましておけ」

すれ違いざま櫻内が出した指示を聞き、西村はあからさまにむっとした顔になったあと、きつく唇を引き締め、引き摺《ず》っていこうとする若い衆たちを睨むと自分の足で歩き始めた。

「大丈夫か」

その様子を肩越しに眺めていた櫻内が、振り返って高沢を見る。

「ああ」

ビールの中に睡眠薬を仕込まれていたとのことだったが、あまり量を飲まずにいたのが幸いしてか、既に高沢の意識ははっきりしつつあった。

「行くぞ」

櫻内が高沢の腕を引き、ソファから立ち上がらせる。意識は戻りかけていたが、まだ足元がふらついていたのに気づいた櫻内が、無言で彼を抱き上げた。

「大丈夫だ」

櫻内の背後にいた若い衆たちが、ちらちらと意味深な視線を向けてくるのを気にしたわけではないが、自力で歩けると高沢が櫻内に告げたのに、櫻内は微笑んだだけで下ろそうとせず颯爽と歩き始めた。

「下ろしてくれ」

意思が通じなかったのかと高沢が自分の希望を口にしたのに、

「いやだ」

櫻内もまたきっぱりとそう言いきり、若い衆が開けて待っていたエレベーターに乗り込んだ。

「いや？」

何を言っているのだと目を見開いたと同時に急速な下降が始まり、一瞬目の前がくらりとなった高沢が、櫻内の肩に顔を伏せる。

「そのまま大人しくしていろ」

ふふ、と笑いながら櫻内が高沢の髪に顔を埋《うず》める。温かな唇を、漏れる熱い吐息を感じる高沢の胸は今、何と説明できぬ充足感で満たされつつあった。


既にホテルの周囲はパトカーのサイレン音が鳴り響いていたが、櫻内らの車は出来つつある包囲網を器用に潜りぬけ、一路新宿を目指した。

高沢の運転してきた車は若い衆に任せ、彼も櫻内の車に乗り込んだのだが、運転は大阪から戻ってきたばかりと思われる神部が務め、助手席には早乙女が座っていた。

櫻内に抱かれて駐車場に現れた高沢を見て、早乙女はぎょっとした顔になったが、畏怖《いふ》の念を抱いている組長の手前、何があったと高沢に尋ねることはできないようで、ちらちらと心配そうに、後部シートを窺っていた。

「気分は？」

暫く走ったあと、櫻内が己の胸へともたれかからせていた高沢の顔を覗き込んできた。

「随分いい」

「そうか」

高沢の答えに櫻内は目を細めて微笑むと、気が済んだか、と言いたげな視線を助手席の早乙女へと向けた。

「……っ」

気づいた早乙女が、びくりと肩を震わせる。その後彼は一度たりとて後部シートを振り返ることなく、緊張に身体を強張らせながら、助手席でじっと前を見据えていた。

「しかし予想以上に彼らの動きは早かったな。連絡を入れてくるにしても明日がせいぜいだと思っていたが、今夜のうちに動くとは」

間もなく事務所も近いという頃になり、櫻内が思い出したように高沢へと話題を振ってきた。

「……ああ」

その頃には薬の効力も切れ、高沢の意識も身体も普段の調子を取り戻していた。

「油断しているつもりはないが、気を引き締めねばならないな」

櫻内が、高沢に話しかけているというよりはまるで独り言のような口調でそう言い、視線をフロントガラスの向こうへと向ける。

「……ああ……」

確かに気を引き締めねばならないかもしれないと、高沢は西村から連絡があったあとの出来事を頭の中で反芻《はんすう》していた。

西村の呼び出しを受けたときには、高沢も西村の希望どおり、一人で向かおうと思っていた。

だが指定されたホテルが近づいてくるにつれ、罠に違いない場所に一人で赴くことへの危機感に目覚めた高沢は、車を路肩に停め、櫻内の携帯を鳴らしたのだった。

もとは警察官であり、今はボディガードという人の生命を守る役職についている。それゆえ己の身くらい己で守れなくてどうするというのがそれまでの高沢の信条であった。

櫻内の愛人というポジションがまた、彼の気概をますます強めることになった。無意識のうちに『オンナ』扱いはされたくないという心理が働いたものと思われる。

今、己の信条を優先したために、西村のしかけた罠に堕ちるようなことになれば、櫻内に多大な迷惑を与えることになる、それを高沢は恐れたのだった。

自分が殺されるのならいい。だがもしも自分の命と引き換えに、せっかく捕らえたスナイパーを返せとでも言われようものなら、中国人マフィアに対する切り札をみすみす逃すことになる。それだけは避けなければと高沢は自ら決断し、櫻内へと連絡を入れた。

決して杞憂《きゆう》ではないその心配は、実は高沢自身も気づいていなかったが、櫻内が自分を見捨てるはずがないという確信に基づいたものだった。実際に過去、高沢が西村の策略に嵌《はま》り拉致《らち》されたときにも、櫻内は迷うことなく高沢救出へと乗り出してきた。

その事実があるからこそ、無意識のうちに高沢は櫻内の己への想いの強さを確信しているのかもしれないが、もしも彼がそれを他人に指摘されたとしたら、思いもかけないことだと狼狽《ろうばい》するに違いなかった。

高沢からの連絡に、櫻内は淡々と相槌《あいづち》を打っていたが、高沢が話し終えるとおもむろにホテルへ向かうのを十五分待つよう指示を出した。

『拳銃は持っているか？』

最後にそれだけ確認し、高沢が「持っている」と答えると、

『それならいい』

櫻内は満足げに笑い、電話を切った。

十五分というのは、櫻内が西村を捕らえる準備を整えるのに必要な時間だったというわけだろうと、その後の展開を思い起こし、高沢は一人頷いた。

あまり到着が遅くなると、西村に疑われる恐れがある。あの十五分のうちに櫻内は新宿の事務所から二十名近い組員を引き連れ、帰路を確保した上でホテルへと向かったに違いなかった。

『殺したいのはやまやまだが、今はその時期ではない』

櫻内の狙いどおり、西村を捕獲することができた。これから櫻内は西村をどのように使おうとしているのだろうと、高沢は自分が身を寄せている櫻内をちらと見上げたが、じっとフロントガラスの前を見つめている彼の顔からは何をも読み取ることができなかった。

殺すつもりはないと断言していたところを見ると、中国人マフィアに伝言でも頼むのだろうか——しかしなぜ西村は、中国人マフィアの手先になどなったのだろうかと、高沢は改めて西村のことを考え始めた。

以前、岡村組の二次団体に鉄砲玉に仕立て上げられ、櫻内を狙ったが失敗して遁走《とんそう》した彼は、櫻内殺害を命じたその二次団体の組長を射殺し、姿をくらましたと思われていた。

岡村組のナンバー2である八木沼の力をもってしても彼の行方はわからず、また、各方面に顔の広い三室《みむろ》の捜索をも逃れていた西村はもしや、かつてその三室が噂に聞いたとおり、海外に渡っていたのかもしれなかった。

彼の渡航先が香港で、そこで黒社会に取り込まれたのだろうか——すっかりやさぐれた風体となっていた西村のやつれた顔を思い起こしていた高沢の唇から、我知らず溜め息が漏れた。

と、そのとき頭を寄せていた櫻内の肩がびくりと動いたのに、なんだ、と高沢は櫻内を見上げた。

「…………」

櫻内は一瞬無言で高沢を見下ろしたあと、すぐまた視線を前方へと戻し、言葉をかけてくることはなかった。

「…………？」

どうしたのだろうと内心首を傾げながらも、高沢はまた自身の思考の世界へと意識を戻していった。

西村は一体何を考えているのか——会えば会うほど高沢は彼の考えが読めなくなった。

なぜすべてに恵まれていた彼が転落の一途を辿《たど》ることになったのか。人が見れば高沢もまた、警察からヤクザのボディガードに『転落』しているのだろうが、今まで殆ど日の当たる道を歩いてこなかった自分はともかく、輝ける未来が約束されていた西村の凋落《ちょうらく》ぶりは高沢にはまったく理解できなかった。

あたかも自ら望んで堕ちていこうとしているようにすら見える——その思いが高沢の胸を過ったときに、ふと、先ほど薬で朦朧としていた意識の下、確かに聞いたと思った西村の声が蘇った。

『……お前を再び抱くためなら、俺はどこまでだって堕ちるよ、高沢』

戯言《たわごと》に違いない彼の言葉に、何を拘《こだわ》っているのか——またも溜め息をつきそうになっている自身に気づき、高沢は唇を噛んだ。

「どうした」

そのとき頭の上から櫻内の声が降ってきて、高沢ははっと我に返り、身体を起こして彼を真っ直ぐに見返した。

「……いや……」

先ほど思わず溜め息を漏らしたときには何も問うてこなかった櫻内が、今、意図的に溜め息を堪えたときにはどうしたのだと敢えて尋ねかけてくる。

そのことに何か意味があるのだろうかと思いながらも高沢が首を横に振ったとき、車は歌舞伎町裏手の菱沼組の組事務所へと到着した。

地下駐車場で櫻内が車から降り立つと、わらわらと大勢の若い衆が駆け寄ってきて、四方から車のドアを開いた。櫻内と逆サイドのドアから高沢も車を降り、櫻内のあとに続いてエレベーターへと向かう。

「組長のご指示どおり、西村は三階の応接室に通してあります」

若い衆を押し退けるようにして櫻内に駆け寄り、共にエレベーターに乗り込んできたのは、大阪から戻ったらしい寺山だった。声を潜めて告げた彼に、

「ご苦労」

櫻内は淡々と労をねぎらい、エレベーターが三階に到着すると寺山の先導で西村が通されたという応接室へと向かった。

てっきり西村は中国人スナイパーと同じような待遇を受けるのかと思っていたが応接室とは、と内心驚きながら高沢は櫻内の後に続いた。彼の後ろには早乙女が続いている。

「大丈夫かよ」

声を潜めて早乙女が高沢に問いかけてきたのに、高沢は彼を振り返り「大丈夫だ」と頷いた。

「西村、なんだって？」

前を歩く櫻内を気にしながらも好奇心は抑えられないようで、早乙女が高沢の耳に顔を近づけ囁いてくる。

「…………」

一言では答えられないと高沢が言いよどんだとき、

「早乙女」

寺山の厳しい声が飛び、早乙女がぎょっとしたように姿勢を正した。

「は、はい」

「お前のようなぺーぺーが知る必要はないだろう」

寺山は櫻内にかわって注意を施しているつもりのようで、同意を求めるように振り返って櫻内を見たのだが、櫻内が表情も変えず、それどころか早く行け、といわんばかりに顎をしゃくったのに、バツの悪そうな顔になり、慌てた様子で歩き始めた。

「……気にするな」

高沢が振り返って早乙女に小さく告げる。寺山の『ぺーぺー』という言葉は早乙女への注意にかこつけた、自分への嫌味であることが高沢にはわかっていたからなのだが、叱責を恐れた早乙女は青い顔のまま高沢に、うんうんと小さく頷くだけで二度と言葉を発しようとしなかった。

三階の突き当たりにある応接室のドアを寺山がノックもなしに開き、先に入って櫻内を迎え入れる。櫻内が肩越しに高沢を振り返り、行くぞというように目で合図したあと、ゆっくりした歩調で部屋へと足を踏み入れ、指示どおり高沢は彼に続いた。

「…………」

室内に入った途端、目の前に広がる異様な光景に、高沢は一瞬息を呑んだ。一式軽く七桁《けた》はしそうな、まるで一流会社の役員応接室かと見紛う豪奢なソファの中央、西村が一人ぽつりと座っている。ソファの周囲には十名を超える若い衆が立ち並び、皆が皆、西村をぎらぎらと光る目で監視していた。

高沢に息を呑ませたのは、それだけの大人数に凶悪な目で見られているにもかかわらず、西村がこけた頬を薄笑いで緩ませている、その顔だった。どこか常軌を逸しているようにすら見えたその笑いは、だが、西村が高沢の存在に気づいたとほぼ同時に彼の顔から失《う》せ、かわりに自嘲《じちょう》というに相応しい笑みが浮かんだ。

櫻内が現れた途端、ソファを囲んでいた若い衆は一様に姿勢を正し、深く頭を下げて寄越した。

「規律正しいな。警察学校もこうはいかない」

西村がわざとらしい大仰な仕草で周囲を見回したあと、揶揄していることがありありとわかる口調で櫻内に話しかけてきた。

「無駄話は互いのためにならない。用件に入ろう」

櫻内は西村の挑発に乗る気はさらさらないようで、あっさり彼の揶揄を流すともう一歩を西村へと踏み出した。

「俺の方では用などないよ」

肩を竦めた西村に、

「無駄話はよそうと言ったはずだ」

櫻内の厳しい声が飛ぶ。

「自己主張は無駄話か」

「屁理屈はいい。趙老大への伝言を頼む」

吐き捨てるように告げた西村に、同じく吐き捨てるように答えた櫻内が厳しい眼差しを向ける。二人の不穏なやりとりに室内の空気はぴりぴりと張り詰めていた。

「そんな男は知らない」

「義弟《おとうと》を預かっている。このまま大阪から退くなら彼の命は保証する。だが大阪進出を諦《あきら》めないというのなら、兄弟の再会はなくなるものと思ってもらいたい」

白《しら》を切ろうというのか、櫻内の問いをつっぱねた西村に構わず、櫻内が『伝言』を託す。

「知らないと言っているだろう」

「義弟の引き渡し場所は確約が取れ次第指示すると伝えてくれ。伝言は以上だ」

あくまでも知らないとつっぱねる西村に、櫻内は最後まで淡々とした口調でそう言いきると、

「行くぞ」

ぐるりと室内を見回し、その場にいた若い衆たちに告げたあと、おもむろに踵《きびす》を返した。

「俺は知らんぞ！」

櫻内の背に向かい、西村が大声で叫ぶ。切羽詰まったその声に、今回のやりとりでは櫻内に軍配が上がったということだろうと高沢は察した。

櫻内は後ろも見ずに部屋を出てゆく。ソファを取り囲んでいた若い衆が次々と彼に続く中、高沢は立ち止まり西村を見やった。

「そんな目で見るなよ」

西村は高沢を見返したが、すぐにぶすりとそう言うと、ふいと視線を逸らした。

「目？」

どんな目で見ていたというのだと高沢が眉を顰めて問い返したとき、背後から櫻内の声が響いた。

「高沢、行くぞ」

その声を聞いた西村の肩が、びくっと大きく震える。

「……ああ」

わらわらと部屋を駆け出そうとしていた若い衆の動きがぴたりと止まる中、高沢はドアの前にいる櫻内を振り返り頷いた。

高沢が歩き出したのを見て、櫻内も再び踵を返し、部屋を出てゆく。ドアを出るとき高沢は一度だけ西村を振り返ったが、ふてくされたような顔をして俯いていた彼が高沢を見返すことはなかった。

櫻内はエレベーターへと向かい、高沢もそれに続いたが、櫻内は高沢に先に駐車場で待っていろと告げ、自身は若い衆を引き連れて地下二階へと向かおうとした。

「俺も行っては駄目か」

中国人スナイパーの様子を見に行くのだろうと察した高沢が珍しく自分の希望を口にしたのに、櫻内は一瞬驚いたように目を見開いたが、

「車で待っていろ」

一言そう言い捨てると、先に地下二階でエレベーターを降りてしまった。

「…………」

高沢は櫻内の言葉を無視してあとを追おうとしたのだが、早乙女が高沢の動きを阻んだ。

「おい」

「頼むよ」

じろりと睨みつけると、早乙女は心底困ったという顔をしながら小声で高沢にそう告げ、無理やりエレベーターの扉を閉めてしまった。

「今、組長はこれでもかっちゅうほどぴりぴりしてるからよ、いくらあんたとはいえ指示に従わねえとどうなるかわからねえんだよ」

悪く思うなよと早乙女が言い訳めいたことを口にするのに、とてもそうは見えなかったと

高沢は己の感じたままを口にした。

「機嫌がいいとまでは言わないが、随分穏やかじゃなかったか？」

「あんた、本当にわかってねえなあ」

恐縮していたはずの早乙女が、驚いたように大声を出したところでエレベーターは地下三階へと到着した。

「わかってない？」

「おうよ、組長の性格、まったくわかってねえじゃねえか」

広い駐車場の中を、車へと案内しながら早乙女が呆れた口調でそう言い、高沢を振り返る。

「…………」

何がわかっていないのかと眉を顰めた高沢の顔を見て、

「あんた、本当に組長の愛人なのかよ」

やれやれ、と早乙女はいつもの兄貴面になると、歩調を緩め高沢の横を歩き始めた。

「組長が機嫌の悪さや苛々《いらいら》を態度に出すときはまだマシなのよ。何考えてんのかわからねえときが一番テンパってるんだよ」

「そうなのか」

とても早乙女が言うように『テンパってる』とは見えなかったと高沢が納得しないでいるのに、

「本当にわかってねえなあ」

早乙女はほとほと呆れたという顔になり、高沢の横で肩を竦めてみせた。

「愛人なら肌で感じんだろうがよ」

「……感じないな」

早乙女を信用していないわけではないが、櫻内がテンパっているようにはとても見えなかったと高沢は尚も首を傾げる。

「わかってねえからあんな目に遭うんだろうがよ」

だが早乙女にそう言われてしまうと二の句が継げず、納得できないながらも高沢は黙り込んだ。

車で待っていろという指示に従い、高沢が後部シートのいつもの席で待機していると、十五分ほどして櫻内が寺山と共に駐車場にやってきた。

「西村は事務所を出て駅方面へと向かいました。尾行はつけなくてもよろしいでしょうか」

高沢の隣に乗り込んでくる櫻内に、寺山が問いかける。

「かまわない。お前は事務所で待機して彼からの連絡を待て」

「かしこまりました」

淡々とした口調で告げる櫻内はやはり、とてもテンパっているようには見えないのだがと、我知らず傍らの彼を見やってしまっていた高沢は、車の外で頭を下げた寺山が、盗み聞きをするなとばかりにじろりと睨んできたのに気づき、ふと目を逸らした。

「出せ」

櫻内が運転手の神部に指示を出す。寺山に見送られ、車は地下駐車場を出発したのだが、櫻内はじっと前を向いたままで何も喋る気配はなかった。

端整な横顔を窺い見る高沢の頭に、これがテンパっているという状態なのだろうかという考えが浮かんだのだが、

「なんだ」

地上に出た途端、高沢へと顔を向けてきた櫻内は笑っていた。

「……いや……」

見たところ冷静なようだと思いつつ、首を横に振った高沢の、己の膝に置いた手に櫻内の手が伸びてくる。

「…………」

ひやりとした櫻内の掌《てのひら》の感触に、高沢の身体は一瞬ぴくりと震えたが、握られた手から次第に彼の体温が伝わってくるのに、緊張は解れていった。

「いよいよだな」

独り言のような口調で櫻内が呟き、高沢の手を握る手に微かに力を込める。

「…………」

己の行動の動機は高沢自身にもよくわかっていなかった。だが櫻内のその言葉を聞いた瞬間、高沢は自ら櫻内の手をぎゅっと握り返していた。

今度は櫻内の身体が一瞬ぴくりと震えたのが、握った手から高沢へと伝わってきた。櫻内が高沢の目をじっと覗き込んでくる。

「踏ん切りがついたか」

「え？」

問われた言葉の意味がわからず問い返した高沢の手を、櫻内が更に強い力で握り締めた。

「今回の件にケリがついたら『彼』を殺す。わかっているな」

「…………」

静かな、だが力の籠もった声で告げる櫻内の言う『彼』が誰を指すのか、問い返さずとも高沢にはわかった。高沢が頷くのを待っているのか、櫻内の視線は高沢の顔へと据えられたままである。

かつて西村が鉄砲玉に仕立て上げられたとき、菱沼組五代目襲名のその日に櫻内の命を狙ったが失敗、逃げようとする西村を櫻内が逆に撃とうとした。

そのとき高沢は反射的に櫻内に銃を撃たせまいと二人の間に立ちはだかってしまったのだが、今度は邪魔をさせないと言っているのだろう、と高沢は幾多の星の煌めきを宿す美しい櫻内の瞳を見返した。

あのときは西村を庇ったのか、それとも襲名披露を聞きつけ屋敷を取り囲んでいた警察に櫻内を逮捕させまいと思ったのか、自分の行動の意図が高沢には自分でもわかっていなかった。

西村はかつての友——高沢にとってこれまでの人生で多分唯一の友人であった。

その友の命が失われようとするのを自分は黙って見ていることが果たしてできるのだろうか——櫻内の瞳を見返す高沢の脳裏に、西村の顔が浮かぶ。

「……っ」

と、そのとき、まるで高沢の頭の中を覗いたかのようなタイミングで櫻内が突然高沢の手をぐい、と引くと戸惑い目を見開いた彼の唇を強引に塞いできた。

反射的に身体を引こうとしたのを櫻内のもう片方の手が頭の後ろに回って制し、尚も深くくちづけてくる。

「……ん………」

櫻内の舌が高沢の舌を求めて口内で暴れまくる。じっと己の瞳を見つめたままの櫻内の、焦点が合わないほどに近づいた黒い瞳の煌めきが目に入ったとき、高沢は自ら彼に舌を絡めていった。

痛いほどにその舌を吸い上げながら、櫻内が黒曜石のごとき美しき瞳を細め微笑んでみせる。視界いっぱいにその像が目に入った高沢の胸には、自身にも説明のできない感情が芽生えていた。

　熱情というには激しさの足りない、どこかやるせないようなその感情がいかなる意味を持つものなのか——思考が及ぶより前にシートへと押し倒される高沢の身体を櫻内の熱い掌が這う。助手席でじっと早乙女が息を潜める中、人目を気にするはずの高沢の手はそのとき、しっかりと櫻内の背へと回っていた。

8

趙老大の行動は素早かった。西村が櫻内の事務所を出た一時間後には、寺山より事務所に趙の代理を名乗る金という男からコンタクトがあったという連絡が、自宅でくつろぐ櫻内のもとへと齎《もたら》された。

「代理の人間と会う気はない。趙本人から確約が取りたい。会談の場所は東京だ」

櫻内の言葉はすぐに金へと伝えられ、それから三時間後に改めて金より場所と時間を問い合わせる連絡が入った。

「趙老大は既に東京入りされています」

金のこの言葉は、三時間ほど前、ロイヤルホテルから趙が出発したという大阪の佐々木の報告に裏付けられていた。櫻内はすぐさま寺山に指示を出し、一時間後に新宿のPホテルの最上階のスイートルームで趙と会談する準備を整えさせた。

櫻内が会談にPホテルを利用することはよくあった。駅から少し離れているため警護態勢が敷き易いからで、ホテルの周囲には今、スモークガラスで中の見えない黒塗りの車がびっしりと停まっていた。

ロビーには菱沼組の幹部連中が陣取っている。上質なスーツを身に纏い、一見ヤクザには見えないが、エグゼクティブな雰囲気をかもし出している彼らの目つきは鋭く、緊迫した空気がホテル内には流れていた。

ホテル最上階のロイヤルスイートの前にもまた、黒いスーツ姿の男たちが数名、見張りよろしく立っている。彼らは櫻内のボディガードで、妙に膨らんだ懐には銃が忍ばせてあった。

高沢を伴い家を出た櫻内はホテル近くで待機し、趙が部屋に入ったという連絡を受けてからホテルへと向かった。櫻内を無駄に衆人の目に晒さないようにという配慮から、乗り継ぎが必要なエレベーターは行く先々で空の箱で待っており、殆ど一般客の注意を引くことなく櫻内らは最上階のスイートルームへと到着した。

部屋の前で待機していた寺山が櫻内へと駆け寄ってくる。

「若造です。金という男と、通訳の女を連れています。身体検査をしたわけではありませんが、入り口に用意した金属探知機では武器の類《たぐ》いは見つかっていません」

櫻内の耳もとに口を寄せて囁きながら、寺山が、お前も来たのかとでも言いたげな視線を高沢へと向けてくる。だが櫻内が「わかった」と頷くと、丁重に頭を下げて数歩下がり、櫻内のために道を空けた。

「同席は寺山と高沢で。すぐ部屋に飛び込めるよう待機するように」

櫻内が一瞬足を止め、周囲をぐるりと見回しそう告げる。黒いスーツ姿の男たちは皆無言で頷き、その場で姿勢を正した。

寺山が先に立って部屋へと向かい、ドアをノックする。間もなくドアが小さく開き、高沢とは顔馴染みのボディガードが隙間から顔を覗かせた。

「様子は」

「大人しく茶を飲んでます」

どうやら趙らを見張っていたらしい彼が答えたのに、寺山は「そうか」と頷くと、改めて櫻内を振り返った。櫻内が行け、というように目で合図する。

「どうぞ」

ボディガードが大きくドアを開き、まず寺山が、続いて櫻内が室内へと足を踏み入れた。櫻内のあとに高沢が続く。

「はじめまして」

ドアの方を向いたソファに座っていた長身の男が立ち上がり、満面の笑みを向けてきた。

「趙と申します。お目にかかれて光栄です、櫻内組長」

にっこりと櫻内に微笑みかけてきた趙は、佐々木の話どおり、一見エリート官僚かサラリーマンの中でもエグゼクティブといわれるようなランクに属している若者のようだった。細面の顔は凄《すご》みがあるほどに整っており、美里と名乗っていた女装のスナイパーに面差しがよく似ていた。

いわゆる中国系の美形である。一重の切れ長の瞳といい、すっと通った鼻筋といい、酷薄にも見える薄い唇といい、マフィアのボスというよりはそれこそ、仕立てのいいスーツを身に纏った俳優かモデルのように見える。中性的で優しげな顔立ちをしていたが、彼の瞳を見た途端、高沢の背に悪寒が走った。

人の目ではない――それが一番に抱いた印象だった。櫻内もまた美しい女性的な顔立ちに似合わぬ厳しい双眸《そうぼう》の持ち主であるが、彼の目は確かに『人の目』であった。

その眼差しは強い意志を感じさせる光に満ちている。だが趙の目の中にはただ、深淵たる闇《やみ》が広がっていた。

岡村組の若頭補佐を立て続けに二人殺害するという荒業も、この人の目を持たない男の所業かと思うと納得もできる、と高沢は暗黒の世界に君臨する若きマフィアのボスを見つめていたのだが、そのとき彼の視線を感じたのか、趙がちらと高沢を見やり、軽く会釈をして寄越した。

「…………」

ぞく、という悪寒がまた高沢の背筋を走る。

「ミスター・高沢にもお目にかかれて大変嬉しく思います」

声をかけてきたものを無視するわけにはいかないと会釈を返しながらも、高沢は趙が自分の顔と名を把握していることに内心驚きを感じていた。

「遠いところをご足労いただき申し訳ありませんでしたね」

櫻内が穏やかな笑みを浮かべ、趙に座ってくれ、と目で促す。

「いえ、用件が用件ですから。遠いなどと言ってはいられないでしょう」

趙がソファに腰を下ろし、上品な仕草で笑ってみせる。

「何かお飲みになりますか。中国茶でも用意させましょう」

櫻内もまた優雅に微笑みそう告げたのに、趙は「いいえ」と首を横に振ってみせた。

「私は茶を飲みにきたわけではない。お話を伺いましょう」

趙の顔は微笑んでいたが、声音は厳しいものだった。室内に一気に緊張感が増す。

「そうですか」

だが櫻内は少しの緊張も感じていないようで、ゆったりした素振りで頷くと身を乗り出し、趙を真っ直ぐに見据えてこう言った。

「大阪から手を引いていただきたい」

「…………」

趙は一瞬何か言おうと口を開きかけたが、すぐにきゅっと唇を引き締め、まるで微笑んでいるかのような表情になった。何も相槌を打とうとしない趙に構わず櫻内が言葉を続ける。

「交換条件は申し上げずともおわかりでしょう。はっきり申し上げたほうがよろしければそうしますがね」

「……怪我《けが》をしていると聞いていますが」

暫くの沈黙の後、趙が低い声で問いを発した。

「治療済みで経過は良好です。趙老大の義弟君《おとうとぎみ》として、こちらとしてはできるかぎり丁重にもてなさせていただいています」

櫻内が美しいその顔に微笑みを湛《たた》えたまま、ゆっくりと頷いてみせる。

「大阪から私が手を引かねば、その『もてなし』が丁重ではなくなるということですね」

対する趙の声は更に低くなり、櫻内に話しかけているというよりはまるで独り言のようになる。

「その通りです。私共も決してそのような展開を望んではいませんが」

「…………」

櫻内の答えにまた趙は暫くの間、沈黙した。金が心配そうに背後から趙の顔を覗き込んでいる。

「……わかりました」

二分ほどじっと黙り込んでいた趙が、ようやく口を開いた。押し殺した声を聞いた途端、高沢の隣で寺山が嚙み締めた奥歯の間から安堵《あんど》の息を吐いた音が室内に微かに響いた。

「それはよかった」

櫻内の表情は最初から最後まで変わらなかった。僅《わず》かに乗り出していた身体をソファへと戻し、にっこりと趙に向かって微笑んでみせる。

「無益な殺生をせずに済みそうでほっとしましたよ」

「……一つお聞かせいただきたい」

趙の頰がぴくりと痙攣し、今度は彼が身を乗り出すと、櫻内を真っ直ぐに見つめてきた。

「なんでしょう」

「琳君が私の義弟だという情報はどこで得たのですか」

「情報源を明かすことはできませんが、中国人の黒社会の間では知らぬ者はいないでしょう」

「確かにその通りですが、中国の黒社会の情報が外に漏れることは滅多にない。この短期間にあなたはどのようにして情報を得たのか、今後のためにそれをお聞かせいただきたかったのですが、教えてはいただけないようですね」

淡々と答える櫻内に、同じく淡々と趙は問いを重ねてきたが、やがて答えを引き出すのを諦めたらしい。

「引き渡しの場所と時間を指定してください」

苦笑するように微笑み肩を竦めてみせたあと、櫻内と同じくソファの背もたれに身体を預け、あたかも時候の挨拶《あいさつ》でもするかのような口調でそう趙は問いかけてきた。

「明日の午前六時、晴海埠頭《はるみふとう》の鈴代《すずしろ》倉庫前で。趙老大か、もしくは老大の代理の方お一人でお越し願います」

「たった一人で来いと？　身の安全は誰が保証してくれるのです」

ソファの背もたれに身体を預けたままの姿勢で、趙が眉を顰め口を挟んでくる。

「義弟君を引き渡した後、あなたがたが大阪から撤退するか否かは誰が保証してくれますか？」

だが櫻内がそう微笑むと、

「確かに。お互い信頼ベースということですね」

趙も晴れやかに微笑み、身体を起こした。

「私の代理には西村を立てましょう」

そう言い、ちらと視線を高沢へと向けてくる。

「ミスター・高沢とは昔馴染みだそうですね」

「もと同僚というだけの話です」

話を振られた高沢が何を答えるより前に櫻内が答え、席を立った。

「有意義な会談になりました」

「ええ、そうでしょうとも」

趙もソファから立ち上がり、にっこりと微笑んでみせる。

「それでは明日の午前六時に」

「わかりました」

櫻内と趙が軽く会釈を交わし、趙が金と通訳の女性を引き連れ先に部屋を出ようとした。

「櫻内組長」

若い衆が開いたドアを出る直前、趙が身体を返し、室内で彼らを見送っていた櫻内を振り返った。

「はい？」

「近々改めてご挨拶に伺います。大阪はお約束どおり諦めますが、東京に関してはなんのお約束もしておりませんからね」

にや、と形のいい唇の端を上げて微笑む彼の目はやはり深淵たる闇を抱えていて、凄みのあるその笑みに高沢は一瞬息を呑んだ。高沢の隣で寺山も趙の迫力に当てられたのか、ごくりと唾を呑み込む音を立てている。

だが櫻内だけは少しも臆《おく》する素振りを見せず、却《かえ》って悠然と微笑むと、一歩を趙へと踏み出した。

「楽しみにお待ちしております。大阪と違って手こずられることでしょうが」

「確かに。相当手強いことでしょう」

あはは、と趙が高く笑いながら部屋を出てゆく。馬鹿にしているとしか思えない態度に、室内にいた若い衆が一瞬色めき立ったが、櫻内の一瞥《いちべつ》で彼らの動きは止まった。

バタン、とドアが閉まったあと、寺山が大きく溜め息をつき、櫻内を見やった。

「約束どおり一人で来ますかね」

寺山の額には脂汗が浮いている。彼もまた趙の『人ではない』目に脅威を感じたのだろうと思いつつ、高沢も額の汗を拭った。

「義弟が我々の手にあるうちは何も心配する必要はない。引き渡したあとが問題だな」

櫻内はそう言うと、「我々も行こう」と寺山と高沢に告げ、先に立って歩き始めた。

「引き渡したあとと言いますと、アレですか。東京に挨拶に来るという……」

高沢を押し退けるようにして櫻内のすぐ背後に駆け寄った寺山が話しかけるのに、櫻内はさも当然のように「ああ」と頷き、肩越しに寺山を振り返った。

「『近々』と言っていたが、我々が予測するよりタイミングは随分早いかもしれない。用心するに越したことはないということだ」

「そ、そうですね……」

寺山の額に新たな脂汗が浮く。どこか放心したような顔で頷く寺山を櫻内は足を止めて振り返ると、ぽん、と彼の肩を叩いた。

「案ずることはない。中国人マフィアがどれほどの勢いを持っていようとも、我々には彼らを制する力がある」

「……組長……」

そのとき寺山の肩からふっと力が抜け、青ざめていた彼の顔色が生気を取り戻してゆく様を、高沢は傍らである種の感動を胸に見つめていた。

早乙女の心酔ぶりはまた格別であったが、櫻内には人の心を捕らえずにはいられない何か特別なオーラのようなものが備わっている。櫻内邸で一緒に暮らすようになってから高沢は常々そう思っていた。

杯を下ろされた若い衆は皆が皆、組長のためなら命を投げ出すことも厭《いと》わないと思っている様子である。持って生まれたカリスマ性もあるが、櫻内はまた彼ら一人一人の人間性を把握し、それぞれに目を配ることを忘れなかった。櫻内の目配りは二次団体、三次団体の長にも及んでおり、菱沼組の結束は代替わりしてから更に固まったと世間で言われ始めていた。

櫻内はまさに人の上に立つために生まれてきた男なのだろうと、寺山が安堵したあとやる気に溢れた様子で「そうですな」と頷く様を見ながら、高沢はそんなことをぼんやりと考えていたのだが、その櫻内の視線が己へと移ったのに、改めて彼を見返した。

「明日の引き渡しには、お前も来るか」

「…………」

まさかそのような問いをかけられるとは予測しておらず、高沢は一瞬答えに迷い黙り込んだ。櫻内はそんな彼の顔を暫くの間じっと見つめていたが、やがてふっと微笑み、踵を返した。

「どちらでもかまわない。お前の好きにするといい」

　ホテルの廊下をエレベーターへと向かって歩きながら、櫻内が凜と響く声でそう告げる。寺山が何か言いたげな顔で高沢を振り返ったが、結局何も言わずに、足早になった櫻内のあとを駆けるようにして追っていった。高沢も小走りになりながら二人の後を追う。

「どうすんだよ」

　いきなり後ろから声をかけられ、高沢はぎょっとして振り返った。常に背後に注意を払っている彼にしては珍しい様子に、声をかけた早乙女の方がぎょっとし、目を見開いてみせる。

「大丈夫かよ」

「ああ」

　何が、という目的語はなかったが、普段と違う高沢の様子を案じてくれる彼に、高沢は小さく頷いたあと、ちらと前方を見やった。エレベーターは既に到着し、櫻内と寺山が乗り込んでいる。

　続いて高沢も乗り込み、早乙女も彼に続こうとしたのだが、寺山にじろりと睨まれ、早乙女の足が止まった。残念そうな顔をした早乙女の前でエレベーターの扉が閉まる。

「万が一に備え、琳君の護衛を頼む」

　下降するエレベーターの中、櫻内が寺山に告げたのに、

「お任せください」

先ほどとは打って変わった張り切った口調で寺山はそう言い、大きく頷いてみせた。

「我々は家に戻る」

櫻内が高沢へと視線を向け、微笑みかけてくる。

「……わかりました」

寺山の手前高沢が敬語で答えたのを聞き、櫻内は苦笑めいた笑いを白皙《はくせき》の頬に浮かべると、ふい、と視線をエレベーターの表示灯へと向けた。

「そのうちこうしてエレベーターにも無防備に乗れなくなるな」

「え」

寺山がぎょっとした顔になり、櫻内の顔を覗き込む。

大阪で岡村組の若頭補佐の命を立て続けに二名、趙らが奪ったことを思い起こし、確かにその通りだと高沢は彼らの背後で小さく頷く。

「油断は禁物ということだ」

櫻内が微笑み、再び寺山の肩を叩いたところでエレベーターはロビーのあるフロアに到着した。周囲を若い衆に囲まれ、櫻内がフロント前を突っ切るのを、ロビーにいた客たちが何事かというように振り返っている。

「政治家？」

「芸能人じゃないの」

彼らの囁く声が漏れ聞こえてきたが、誰の目にもヤクザの組長には映っていないらしいと、高沢は内心感心しながら規律正しく足を進める若い衆たちのあとに続き、駐車場へのエレベーターに向かった。

地下駐車場にも菱沼組の若い衆が溢れていた。彼らはホテル内で警護に当たった男たちよりも幾分チンピラ色が強かったが、櫻内らが車に近づいてくると一斉に姿勢を正し、深く頭を下げて寄越した。

「それでは頼む」

櫻内が先に車に乗り込み、ウインドーを開けて寺山に頷いてみせる。

「お任せください」

寺山が力強く頷き返したのに櫻内は満足そうに微笑むと、隣に乗り込んだ高沢をちらと見たあと、運転手の神部に「車を出せ」と告げた。

神部が頷き隣に停まっていた車に合図を送る。隣の車が先に発車し、櫻内と高沢を乗せた車が続いたその後ろにもまた、車が二台ついた。

既に厳戒態勢に入っているらしいと高沢が後ろを振り返ったのに、櫻内がくすりと笑って彼の腿の辺りを叩く。

「明日、来るか?」

振り返った高沢は、櫻内の問いかけにそういえば先ほど答えを返していなかったと思い出した。

「…………」

引き渡しの場には西村が来るという。西村の名が出るたびに櫻内の眉間《みけん》に不快さを表す縦《たて》皺《じわ》が生じることを思うと、櫻内としては『行かない』という答えを期待しているのではないかと思えたが、櫻内の顔色を見て判断するというのはどうなのだと高沢は暫し答えに迷った。

「どちらでもいい。お前の好きにしろ」

それはさっきも言ったな、と櫻内が笑い、高沢の腿をぽん、と叩く。そうして高沢とは反対側の車窓を見始めた櫻内の背に高沢は迷った挙句の決断を口にした。

「行く」

そのとき高沢の目の前で櫻内の肩がぴくり、と震えたような気がしたが、車窓を見たまま返してきた答えは至極穏やかな声で告げられた。

「ボディガードのローテーションに加わるといい」

「わかった」

高沢の返事を聞き、櫻内が振り返って彼を見る。微笑を湛えた唇が一瞬、何かを告げようとしたのか開きかけたが、すぐにキュッと口元を引き締めるようにして再度微笑むと、櫻内は高沢の腿をまたぽん、と叩いた。

そのまま彼の掌は高沢の腿に載せられ、じんわりとスーツ越しに温《ぬく》もりが伝わってくるのを高沢はじっと座ったまま感じていた。普段であれば悪戯《いたずら》の一つもしかけてくるであろうに、その気配がないのは今はそれどころではないと思っているからなのか、はたまた己の望まぬ決断をしたことへの不興の念の表れなのか――我知らぬうちにじっと腿に置かれた櫻内の手を見つめていた高沢は、その櫻内が運転手の神部に声をかけたのにはっと我に返った。

「明日、六時に晴海埠頭に出向く。出発時間を早乙女にでも伝えてくれ」

「かしこまりました」

神部がしゃちほこばって答える声が車中に響き渡る。

「何事もなく済むといいがな」

独り言のように答える櫻内の手が一瞬高沢の腿を離れる。高沢の胸がドキリ、と変に高鳴ったその次の瞬間にはまた櫻内の手は彼の腿を軽く叩き、再び熱い掌の感触がもとの場所へと戻ってきた。

「………」

そのとき高沢は自分が安堵の息を吐いたことに気づいた。何を安心しているのかと半ば愕然としつつ、食い入るように己の腿に置かれた櫻内の手を見やる彼の耳に、櫻内の歌うような声が響く。

「万が一に備えて防弾チョッキを着用するといい。もしものときには迷わず撃て。明日はボディガードとして行くのだからな」

「……わかった」

櫻内がまた、ぽん、と高沢の腿を叩き、にっと笑いながら顔を覗き込んでくる。自分の目線の在《あ》り処《か》を気取《けど》られたかと僅かに狼狽しながらも高沢は頷き、櫻内を真っ直ぐに見返した。

「もう、人を撃てないとは言っていられなくなる」

櫻内も真っ直ぐに高沢を見据え、静かな口調でそう告げたあと、また、にっと笑って高沢の腿を叩いた。

「……そうかもしれない」

頷いた高沢の脳裏には、あの、人とは思えぬ暗い目をした趙の端整な顔があったのだが、櫻内は高沢が同意するとは思っていなかったようで、少し驚いたように目を見開いたあと、

「上等だ」

ははは、と声を上げて笑い、高沢の腿をぎゅっと握り締めた。

「……っ」

痛いくらいのその感触に、高沢が眉を顰めているうちに櫻内の手は高沢の脚から退いていった。車が松濤の自宅へと到着し、ちょうど門を潜ったからである。

地下駐車場で車を降り立ったあと、いつもであれば櫻内は高沢を伴い部屋へと戻るのだが、その夜は高沢に声をかけることはなかった。

高沢は二階の客室の一つを自室として使用しており、櫻内の私室は三階にある。戸惑いを

覚えながらも高沢が二階でエレベーターを降りると、櫻内は彼を止めることなく、エレベーターの中から高沢に微笑みかけてきた。

「また明日」

「……ああ」

にっこりと黒曜石のごとき瞳を細め、微笑みかけてきた櫻内に高沢が頷くのを待たずエレベーターのドアが閉まる。

やはり不興を買っているということなのだろうかと思う己の胸がやけに騒ぐのは何ゆえかと眉を顰めながら、高沢は部屋へと戻ると明日のボディガードの仕事に備え、銃の手入れをし始めた。

ニューナンブ式の拳銃は、高沢が警察時代から使用している最も手に馴染んだ銃である。櫻内のボディガードとして雇われたとき、いくらでも好きな銃を用意するという有難い申し出を受けたが、高沢が選んだのはこのニューナンブ式一丁だった。

ボディガードの職務についてから、高沢が発砲したのは、あとにも先にも一度だけだった。櫻内を狙ったチンピラの利き腕を撃ったつもりが、その男が両手利きだったために逆に足に被弾、ふた月ほど職務を休まざるを得なくなった。そのときに高沢は櫻内より、自分が助かりたければ相手を殺せ、とはっきりと申し渡されたのだった。

その後、櫻内が菱沼組五代目を襲名してからは、彼を取り巻く危険は増えたが、ガードも数段厳しくなったこともあり、周辺で発砲事件が起こることはままあったものの、櫻内をガードしている高沢が拳銃を抜くようなことはまずなくなった。高沢が拳銃を撃つのは、週に何度となく通う奥多摩《おくたま》の射撃練習場に限られつつあったが、これからはそんな悠長なことは言っていられなくなったということだろうと、高沢は手入れの手を休め、小さく溜め息をついた。

銃を撃つのは三度のメシより好きだという自覚はあった。何を失うことも恐れぬ自分が、拳銃のみには自分でもどうしたのかというほどの執着を感じる。銃を、引き金を引く指を、的を見据える目を、失うことにでもなれば頭が狂うかもしれないとかなり真剣に思うほどに射撃に捕らわれている自分ではあったが、銃口は常に動かぬ的に向いていた。

勿論、動体射撃も高沢は得意としていたが、人の命を奪う目的で銃を抜いたことはなかった。

『お前に人は撃てない』

教官の三室にもよく言われたが、その自覚は高沢自身にもあった。

だが――。

『もう、人を撃てないとは言っていられなくなる』

櫻内の言うとおり、ボディガードとしての職務を全うするためには――櫻内の命を守るためには、今後は人を殺すために銃を発砲せざるを得なくなるに違いない。

小さく溜め息をついたあと、高沢は再び銃の手入れに戻ったのだが、ふと、これがもしも己の命を守るためだとしたらどうだろうという考えが頭に浮かんだ。

己も然り。もしも守るべき命が櫻内のものでなかったとしたら、自分は向かってくる敵の命を奪うべく銃口を向けることができるのだろうか、と。

「…………」

暫し手を止め思考に耽《ふけ》っていた高沢は、だが、やがて苦笑するとまた黙々と銃を磨き始めた。

考える必要などない。自分の職務は櫻内のボディガードであり、他の誰をガードするものでもないのだから——まるで自身に言い聞かせているかのような言葉にまた高沢の頬は苦笑に歪む。

多分、自分は変わりつつあるのだと、チャッと音を立てていったん弾倉をはめ込みながら、高沢は心の中で呟いた。

どのような変貌を遂げているかは自分でも把握できていなかったが、何かが変わりつつあることだけはわかる。

その『何か』がどうもアイデンティティーをぐらつかせるほどに己の根底にあるものだということを認める勇気は未《ま》だ高沢には備わってはいないようで、そこでまた彼は強引に思考を打ち切ると、丁寧な動作でシリンダーに銃弾を装備し始めた。

明日、果たして手入れの行き届いたこの銃を使うことがあるか否か――趙の義弟の引き渡しには、趙の代理として西村が来るという。

西村もまた、変わりつつあるのかもしれないと、高沢はかつての友の顔をぼんやりと思い描いたが、不思議と彼と銃を撃ち合う己の姿は想像することができなかった。

自分にとっての彼は未だに『友』であるのだろうか――整備した銃を仕舞いながら、高沢はまた西村へと想いを馳せる。

面と向かうと彼に受けたさまざまな所業が思い出されるのだが、こうして一人西村を思うときはなぜか高沢は、高校時代や警察に勤め始めたばかりの頃の西村を思い出すことが多かった。

常に周囲の注目を集め、光り輝く未来が約束されていた西村は今、見る影もないほどに堕ちるところまで堕ちている。

『……お前を再び抱くためなら、俺はどこまでだって堕ちるよ、高沢』

戯言に違いない彼の言葉が浮かぶのを高沢は軽く頭を振って追い落とすと、そろそろ寝ようと立ち上がり、シャワーを浴びに行った。

もしも明日、西村が櫻内の命を狙ったとしたら、自分は迷うことなく彼に銃口を向けることができるのだろうか――ベッドに寝転びながら高沢は、数時間後に迫った趙の義弟引き渡しについて考えを巡らせた。

多分、撃つだろうと高沢は一人頷き、目を閉じる。
それが自分の職務だから——またも自身に言い聞かせるような己の言葉に、高沢は自嘲に顔を歪めたが、そのとき誰に見られることもない彼の顔は、笑っているというよりはまるで泣いているかのようだった。

9

翌朝、五時に櫻内は高沢と共に車に乗り込み、晴海埠頭を目指した。早朝で道が空《す》いている中、約束の六時には随分間のある時間に到着する予定であったが、色々と準備があるのだという。

高沢はあまり眠れない夜を過ごしたのだが、櫻内はいつものようにすっきりとした顔をしていた。一筋の乱れもない頭髪に綺麗に澄んだ黒曜石のごとき目をした彼は、その朝珍しいことに高沢を朝食に誘わなかった。

高沢の朝食は頼みもしないのに四時半に渡辺が届けたのだった。なんでも早乙女の言いつけとのことで、朝から分厚いステーキを用意されたのは多分、櫻内と共にとる毎朝の朝食メニューに倣ったものと思われたが、そんな食欲はないと高沢は丁重に用意された食事を辞退した。

高沢は櫻内の言いつけに従い防弾チョッキを身につけていたが、櫻内の身なりをみるとても彼が防弾チョッキを身につけているとは思えなかった。着やせする彼ではあるが、今日もまたすっきりと三つ揃《ぞろ》いのスーツを着こなしている。塵《ちり》一つない布地も、きっちりと折り目のついたスラックスも、顔の映るほどに磨かれた靴も普段どおりで、とても彼がその着衣の下に下着以外のものを身につけているようには見えなかった。

「防弾チョッキは着ていないのか」

今日の引き渡しはかなり危険性が高いという認識ではなかったのかという思いから、通常あまり自分から話しかけることがない高沢が、櫻内に問いを発した。

「ボディガードがいるからな」

櫻内は高沢からの問いかけに驚くことなく、あっさりとそう答え、逆に高沢を驚かせた。

「用心に越したことはないという話ではなかったのか」

驚きが高沢を雄弁にし、尚も問いを重ねたのに、助手席に乗り込んでいた早乙女がぎょっとしたように後ろを振り返る。

「その通りだ。用心するに越したことはない」

「ならばなぜ……」

にっこりと微笑みながら櫻内が憤りを感じている高沢の顔を覗き込んでくる。

「俺の命はお前が守る。違うのか？」

言いながら櫻内の手が高沢の頬に触れた。告げられた内容に、まさにその通りではあるのだがと言葉を失っていた高沢の唇を櫻内の親指がなぞる。

「……っ」

びく、と高沢の身体が自らの意思に反して震えたのに、櫻内は目を細めて微笑むと、すっと彼の頰から手を引いた。

「必要なときには撃てよ。俺の命を守るためにな」

ふふ、と笑ってそう言ったあと、櫻内がふいと視線を前方へと向ける。

「神部、あとどのくらいで到着する？」

「あと十分もかからないと思います。今日は水曜ですので市場も休みですし」

神部が緊張した声で答えるのを聞き、櫻内は「そうか」と満足げに頷くと、それからあとは一言も言葉を発しようとせず、じっと前を見据えていた。

「………」

絶世の美貌ともいうべき櫻内の整った横顔を窺い見ながら、一体彼はどういうつもりなのかと高沢は一人首を傾げた。

ボディガードとしての自分を全面的に信頼してくれているのは有難いが、『油断をするな』というのは信頼して尚、自衛をするという意味ではないかと高沢は思っていた。

自分に防弾チョッキの着用を勧めた櫻内自身が着用していないとは、それこそ『油断』ではないのかと高沢は納得できないものを感じていたのだが、そのときふと先ほど告げられた櫻内の言葉が蘇った。

『必要なときには撃てよ。俺の命を守るためにな』

まさか——まさか櫻内は自分に銃を撃たせるために、敢えて『油断』をしたのではないか。

今日、銃を向けるべき相手が誰かに思い当たった高沢の頭にその考えが浮かんだが、そんな馬鹿な、と頭を軽く振り、己の考えを否定した。

あまりにも馬鹿げていた。とても関東の極道の頂点に立つ男の考えることではない。自分に西村を撃たせるために、防弾チョッキを着なかったなど、まさかそんなことがあるわけがないと高沢はその考えに苦笑したのだが、胸の底には笑い飛ばして終わりにはできない何かが残っていた。

何にせよ、自分の職務は櫻内の命を守ることだ、と高沢は気持ちを切り替え、服の上からホルスターに嵌《は》めた銃を押さえた。今日、櫻内を守るボディガードは拳銃携帯者が六名、早乙女のように身を盾にして櫻内を守る若い衆は十数名いるという。晴海埠頭には昨夜から菱沼組配下の者たちが警察顔負けの警備体制を敷き、地上海上ともに不審者は足を踏み入れることができないような状態に保たれているとのことだった。

新宿から護送される趙の義弟、琳君を乗せた車も、二重三重に護衛がつき、一路晴海へと向かっているという。

如何《いか》に趙がやり手といわれる香港黒社会のボスでも、この菱沼組の組織力の前には手の出しようがないだろうと高沢は考えてはいたが、それでも岡村組の若頭補佐を次々と闇に葬ったあの、人の目を持たぬ趙は何をするかわからないという危惧《きぐ》もまた同時に抱いていた。

車は神部の報告どおり、十分ほどで晴海埠頭に到着した。約束の時間にはまだかなり時間があるというのに、既に新宿から琳君を乗せた車も到着していた。

櫻内が車から降り立つと、その新宿からの車でやってきたらしい寺山が駆け寄ってきた。

「大人しくなったか」

「ええ、ようやく観念したようです」

寺山は殆ど寝ていないようで、目の下に濃い隈《くま》が浮いていた。彼らの話題は琳君のことなのだろうと思いつつ、櫻内と共に車を降り立った高沢は聞くともなしに二人の話を聞いていた。

「まるで我々が拷問《ごうもん》したかのような状態ですよ。なんであんなに自分の身を傷つけようとしますかね」

寺山がやれやれ、というように溜め息をつく。そうだったのか、と高沢が密《ひそ》かに頷いているのに構わず、二人の話は続いた。

「敵の手に落ちたら潔く自ら命を絶つ——それが彼らなりのルールなのだろう。こちらとしては死なれては困るからな」

櫻内もまた苦笑するように笑うと、ちらと高沢を見た。

「…………」

高沢の脳裏に、かつて琳君の様子を見たいと申し出たのに、櫻内が許可を与えなかったときのことが蘇った。もしやあのとき彼は、自分に琳君の状態を見せたくなかったのかもしれないと高沢は思い当たったのだが、果たして次の瞬間には高沢は自分の考えが正しかったことを察した。

寺山の指示で車から琳君と思われる華奢な人物が運び出されてきたのだが、その姿を見たときに高沢は思わず息を呑んだ。両目は包帯でしっかりと覆われ、顔の半分が見えない上に、猿轡を嚙まされている。着せられている服は入院患者がよく着ているような白衣だったが、怪我をしている右肩の部分には未だに血が滲んでいた。殆ど胴体をぐるぐる巻きにするような状態で、何重にもガーゼに包まれた太い縄で両手を身体に縛りつけられている。両足も足首と膝とで縛られていたが、その縛《いまし》めを今、若い衆たちが解こうとしていた。

まさに芋虫《いもむし》のような物凄い状態に高沢は言葉を失っていたが、若い衆たちが縄を解き終ったのを見計らったかのように琳君が暴れ始めたのに、はっと我に返った。

「早く縛り付けろ」

同じタイミングで新宿から来たらしい大型のバンから車椅子が下ろされる。今度はそれに縛れということらしく、若い衆が数名がかりで琳君を押さえつけ、無理やり車椅子に身体を縛り付けた。

「目隠しを取ってやれ。猿轡は外すな。舌を嚙まれたらことだからな」

櫻内の指示に若い衆が頷き、唯一自由になる頭を振り回して抵抗している琳君を押さえつけると目隠しの包帯を解き始めた。

やがて切れ長の、趙によく似た美しい瞳が露わになったが、眩しさに細めたその瞳の中には、義兄が闇を湛えていたのに反し、怒りの焔が立ち上っていた。

「いい加減に諦めろ。趙老大と話はついた。これから引き渡しが行われる」

櫻内がゆっくりとした日本語で告げると、琳君の燃えるような眼差しは真っ直ぐに彼へと据えられることになった。ぎらぎらと光る目で櫻内を睨みつけながら、尚も暴れようとする彼の長い黒髪が宙を舞う。

「お前を受け取りに来るのは西村だ」

だが櫻内がそう言葉を続けたとき、琳君の動きがぴたりと止まった。相変わらず瞳には怒りの焔が燃え盛っていたが、何かを探ろうとするかのように櫻内を窺い見ている。

「お前のパートナーか」

櫻内がくすりと笑ったのに、琳君はふいと彼から目を逸らせた。白い小さな顔は、高沢が初めて見たときよりも一回り小さくなったようである。すっかりやせ衰えてはいたが、化粧を施しているわけでもないのに相変わらず人目を惹《ひ》かずにはいられないほどの美貌を誇っていた。

男と聞かされてはいたが、信じられないとしかいいようがない、と高沢は改めて琳君の顔をまじまじと見やってしまっていた。猿轡を嚙まされているおかげで顔半分ははっきり見えないものの、それでも充分美人であることがわかる。

華奢な体つきといい、匂い立つほどの美貌といい、本当にこれが男なのだろうかと感心していた高沢は、不意に琳君から視線を向けられ、らしくもなく慌てて目を逸らせた。

無遠慮なほどに見つめてしまったことを不快に思ったのかもしれない。ついつい見惚れてしまったのだと自分に言い訳しつつ高沢はちらと琳君へと視線を戻したのだが、当然自分から外れていると思っていた目線が未だ己の上にあり、しかもその目はどうも睨みつけているような厳しいものであることに気づき、どういうことだと内心首を傾げながらも琳君の焼け付くような鋭い視線を受け止めていた。

高沢が見返すとますます琳君の眼差しは厳しくなった。憎しみすら感じさせる目線に、先ほど彼は櫻内をここまで厳しい目で見ていただろうかと、高沢は更に首を傾げたのだが、そのとき周囲がざわめき始め、何事かと一旦視線をその方へと向けた。

「西村と思しき車が来ました。見える範囲では運転席に彼一人のようです」

若い衆の一人が櫻内と寺山に駆け寄り、報告する。来たか、と思いながら高沢は再び琳君へと視線を戻したのだが、そのとき高沢の目に映る琳君の顔はどこか放心していた。

「…………？」

先ほどまであれほど自分を鋭い目で睨んでいたというのに、どうしたことかと高沢が疑問を覚えたのとほぼ同時に琳君は我に返ったようで、高沢が自分を見ているのに気づくと、ふい、と目を逸らせてしまった。紅潮していた頬が今や白いほどに青ざめている。彼を動揺させたのは一体何事かと眉を顰めているうちにまた周囲が騒がしくなり、遠く車のエンジン音が響いてきた。

「来ましたね。約束の時間よりも十五分ほど早い」

「謹厳実直を重んじる日本の警察出身だからな。約束の時間よりも前に来るのは当然なのだろう」

ははは、と櫻内が笑い、ちらと高沢を見る。確かに西村は几帳面《きちょうめん》な男で、常に約束の時間の五分以上前に待機していたと、高沢は櫻内に向かって頷いてみせた。

「何か策を弄《ろう》するつもりではないでしょうか」

寺山は未だ懐疑的で、ぴくぴくとこめかみのあたりを痙攣させながら櫻内に問いを重ねている。

「十五分では何もできまい。海上も地上も特に動きはないのだろう？」

「ええ、それは……」

寺山が頷くと、櫻内は笑って彼の肩を叩いた。

「これからは常にこのくらい、何事にも注意を払うことが大切だ」

「ありがとうございます」

気を引き締めろという自分の指示に寺山が従っていることを賞する櫻内の言葉に、寺山が感激も露わに深く頭を下げたそのとき、車のエンジン音が近づいてきた。

「来たな」

櫻内が見やった先、濃紺のＢＭＷがゆっくりとしたスピードで近づいてきていた。かつて警察にいた頃も西村の愛車はＢＭＷであったが、今彼の乗っている車は当時のものとは当然だろうが型が違う。あの頃は几帳面な彼の性格をそのままに表したような、塵一つなく磨かれた車であったのが、今日彼が乗っている車は埃《ほこり》だらけでいつ洗車したのかわからないような汚い車体をしていた。

十数台を数える菱沼組の車が道の両脇に停まっているために路上に一筋だけ出来た空間を、西村の車はゆるゆるとしたスピードで走ってくる。若い衆らが数名誘導に立ち、車を櫻内らの待つ場所へと導いた。

車が停まり、運転席から西村が降り立つ。やはりやさぐれたような風貌をした彼は、ぐるりと自身を取り囲む若い衆たちをわざと大仰に驚いた素振りで見回してみせたあと、視線を琳君へと向けた。

「琳君」

西村の視線を追うように皆が一斉に車椅子に縛り付けられた彼を見る。琳君はもう暴れてはいなかった。じっと縋《すが》るような目で西村を見つめているその様子にはまるで、親に捨てられた子がその親に再会したかのような、いたいけな雰囲気があった。

「猿轡を取ってやれ」

櫻内の指示に、寺山が慌てて車椅子へと駆け寄ってゆくと、琳君の猿轡を解いた。

「セイギ！」

口が利けるようになった途端、琳君が大声で叫んだのだが、その声もまた女性のものとしか聞こえぬ高いものだった。

セイギ——西村の名、正義《まさよし》の音読みか、と高沢が気づいたとき、その西村が車椅子へと駆け寄ろうとした。彼を取り囲んでいた若い衆が車椅子の前に立ち塞がる。

「……丁重にもてなしていると聞いていたが」

西村は足を止めると、鋭い視線を櫻内へと向けてきた。

「自殺願望が強いものでね。尊い命を失っては大変と、それで手足を拘束させていただいた」

櫻内は涼しい顔でそう答えると、寺山に向かい「縄を解いて差し上げろ」と命じた。

すぐさま数名がかりで縄が解かれ、車椅子の上で琳君は身体の自由を取り出した。

「セイギ！」

琳君が再び西村の名を叫び、真っ直ぐに彼へと向かおうとするのを寺山が押さえかけたが、櫻内が首を横に振ってそれを制した。

「琳君！」

西村も琳君の名を叫ぶ。

「引け」

凜とした櫻内の声が響くと、二人の間に立ち塞がっていた若い衆がざっと脇へと寄り、道を空けた。

「セイギ！」

琳君がよろよろと西村へと歩いてゆくのに、西村が彼に駆け寄り華奢な身体をしっかりと支えた。

「大丈夫か」

西村が心底心配そうに琳君の顔を覗き込むのに、琳君は「大丈夫」と小さく答え、西村の胸に縋りついた。

「感動の再会に水を差すようで申し訳ないが」

西村の手が琳君の背にしっかり回ったそのとき、またもよく通る櫻内の声が周囲に響いた。

「約束どおり引き渡す。趙老大にも約束を守るよう伝えてくれ」

西村が顔を上げ、櫻内を、続いて彼の傍らに立っていた高沢を見やる。と、琳君もまた顔を上げ、再び高沢へと燃えるような目を向けてきた。

「…………」

何か己に思うところでもあるのだろうかと高沢が眉を顰めたのを見て、西村は琳君も高沢

を見ていたことを察したらしい。

「行こう」

ふっと高沢から視線を外すと、琳君に微笑み、彼の背をしっかりと抱きかかえた。

「うん」

琳君もまた高沢から視線を逸らし、西村を真っ直ぐに見上げると、彼の胸に身体を預ける。安堵しきったような表情といい、縋りつくように回された華奢な腕といい、琳君が西村をいかに信頼しているかが見て取れたが、それと自分へのあの、憎しみすら感じさせる視線とは何か関係があるのだろうかと高沢が内心首を傾げていたとき、不意に西村の足が止まった。

「またな」

振り返ってそう言い、にっと笑った西村は、高沢が何を答えるのも待たずにまた琳君の背を抱き直し、足早に車へと進んでゆく。

「伝言を忘れるなよ」

櫻内がもう一度西村の背に声をかけたのに、西村は肩越しに彼を振り返り、

「了解した」

一言だけ答えると、助手席のドアを開いて琳君を乗せた。

西村の運転する濃紺のＢＭＷが再びゆっくりしたスピードで埠頭を離れ始める。

「我々も戻ろう」

櫻内が周囲に声をかけると、その場にいた皆が一斉に「はい」と大きな声で答え、櫻内に向かい深く頭を下げて寄越した。

先導車のあとに櫻内と高沢の乗る車が続いたが、ずらりと並んだ組員たちは櫻内の車が通るのを待ち、また深く頭を下げて寄越す。大名行列のようだと、半ば唖然《あぜん》としながらその様子を見ていた高沢は、ぐいと肩を抱き寄せられ我に返った。

「ひとまずは一件落着だな」

櫻内が己の胸に抱き寄せた高沢の顔を覗き込み、華やかな笑みを浮かべてみせる。

「……まあ、そうなんだろう」

襲撃を受けることもなく、無事引き渡しが済んだところを見ると多分、趙は櫻内との約束を守り大阪からは撤退するに違いない。

約束は守ったが趙はまた櫻内に対して予告めいたことも口にしていた。

『東京に関してはなんのお約束もしておりませんからね』

にやりと笑ったあの、人の目を持たぬ男の端整な顔を思い起こしていた高沢の頬に櫻内の手が添えられる。

「まあ、これからまたひと波乱あるのだろうがな」

くすりと笑いながら櫻内が高沢に己の方を向かせ、唇を塞ごうと顔を近づけてくる。

「……おい……」

まだ早朝ではないかと高沢が顔を背けようとするのを強引に掌で制し、櫻内が囁いた。

「束の間の休息だ。ゆっくり楽しもう」

しっとりとした唇が高沢の唇を覆い、歯列を割るようにして侵入してきた舌が、高沢の舌を求めて口内を蠢《うごめ》き始める。

確かに今この瞬間くらいしか、気を抜けるときはないのかもしれない——迫り来る危機を肌で感じながら、高沢は櫻内の舌に己の舌を絡めてゆく。薄く目を開いた先、櫻内が煌めく美しい瞳を細めて微笑み、高沢の背を固く抱き直したその手の感触を得た高沢の脳裏には、西村の背にしっかりと回った琳君の華奢な腕のイメージが浮かんでいた。


復路も渋滞はまるでなく、車は松濤の櫻内邸に七時前に到着した。

「お疲れ様でした」

地下駐車場で助手席に乗っていた早乙女と運転手の神部が、車を降り立った櫻内と高沢に深く頭を下げて寄越す。

「来い」

今日は櫻内は高沢にいつものように声をかけ、彼を三階の自室へと導いた。

部屋に入るなり高沢は櫻内に抱き締められ、また唇を塞がれた。

「ん……」

櫻内の手が高沢の上着を剝《は》ぎ取り、ホルスターを外す。

「……返してくれ」

一旦唇を離し、高沢が銃に手を伸ばすと、櫻内は苦笑するように微笑み、ホルスターごと高沢に渡して寄越した。

「自分で脱ぐか。防弾チョッキは脱がせるにはあまりに色気がない」

銃を胸に抱く高沢を見て、櫻内が揶揄するように笑いかけてくる。

「わかった」

高沢は頷くと、丁寧な仕草で床に銃を下ろし——ここでまた櫻内は苦笑したのであるが——自ら防弾チョッキを脱ぎ去るとシャツのボタンを外してそれも脱ぎ、続いてスラックス、下着と順番に脱衣を続けていった。

いつもであれば櫻内もまた、高沢が服を脱ぎ捨てている間に自分も服を脱ぐのだが、今日はなぜか彼はじっと高沢の様子を見つめているだけで、タイ一つ緩める素振りを見せなかった。

「…………？」

全裸になった時点でそれに気づいた高沢が、どうしたのだと櫻内を見る。

「来い」

高沢の視線を受け止め、櫻内は彼の手を引いてベッドへと向かうと、己は腰掛け、前に裸の高沢を立たせてじっと顔を見上げてきた。

「……何？」

いつもは性急なほどにすぐに求めてくる櫻内にしては珍しいと、高沢は己を見上げるだけで手を出してくる気配のない櫻内を見下ろした。

「あの男とのかかわりは、当分切れそうにないな」

櫻内が高沢を見上げたまま、苦笑めいた微笑を浮かべてそう告げる。

「…………」

あの男――櫻内が誰のことを言っているのか、高沢にはすぐにわかった。

『またな』

再会を予言するような言葉を残してあの場を去った、高沢のかつての友――西村のことを言っているに違いないとわかりはしたが、どう答えるべきかと高沢は躊躇《ちゅうちょ》していた。

かつて西村の名を口にしながら、櫻内が手酷く己を抱いたことが高沢の躊躇《ためら》いの原因だった。ただその躊躇いは、またあのような目に遭うのは勘弁だというよりは、あのとき櫻内が酷く辛そうに見えたからということが主たる動機であったのだが、高沢の心理の奥の奥まではさすがに櫻内も見抜けなかったらしい。

「そんな顔をせずとも、もうあのような無茶はしない」

高沢の手を握ったまま、櫻内がまた苦笑するように微笑んでみせたのに、高沢は、それで答えずにいるわけではないという意思を伝えようと口を開きかけた。

「違う、あれは……」

だが彼の声は続く櫻内の言葉に驚いたあまり、再び喉《のど》の奥へと呑み込まれることになった。

「確かにお前を抱いたという西村も、お前が尊敬している三室も、あの早乙女でさえも、殺したいと思うときがある」

「え」

『殺したい』――物騒な櫻内の言葉に思わず絶句した高沢の手を、櫻内がぎゅっと握り締める。

「……お前が目を向ける者、思い入れを感じる相手を誰彼構わずお前の周囲から排除することができたらどれだけ胸がすっとするかと思うが、まあ、そんなことも言っていられないからな」

「…………」

櫻内の手が高沢の掌から手首に、そして肘《ひじ》の方へと次第に上がってゆく。冷たい指先の感触に高沢の身体がびくりと震えたのに、櫻内はくすりと笑い、高沢を見上げてきた。

「安心しろ。行動に移すつもりはない」

そうしてぐい、と高沢の腕を引き、彼の身体を抱き寄せる。

「お前も生きている人間だからな。お前なりに思い入れのある相手がいるのは仕方がないと頭ではわかっているが、腹立たしいことにかわりはないのさ」

「…………」

櫻内の息が裸の胸にかかるのに、またびくりと身体を震わせた高沢から離れると、櫻内は戸惑いの表情を浮かべている彼を真っ直ぐに見上げ、にっと微笑みこう告げた。

「それだけ俺はお前に惚《ほ》れているということだ。わかっているか？」

「…………」

反射的に首を縦に振りそうになる自分に高沢は戸惑いを募らせていた。ここで頷くということは、櫻内が自分に『惚れている』と理解しているということに他ならない。

常日頃から激しいほどに己を求める櫻内の心には、その『惚れている』という感情があったと無意識のうちに理解していたというのだろうか――気づかなかった、と自分自身の胸の内に啞然とするあまり言葉を失っていた高沢を、櫻内は無言で暫くの間見つめていた。

カチカチという時計の秒針の音と、互いの呼吸音だけが暫く室内に流れたあと、櫻内が小さく溜め息をつき、再びぎゅっと高沢の手を握り締めた。

紅《あか》い舌が形のいい彼の唇の間から微かに覗く。そうして櫻内は一瞬何かを言いかけたあと、彼らしくなくまた口を閉ざしたのだが、高沢が魅入られたようにじっと口元を見つめているうちに再び薄紅色の彼の唇が動いた。

「お前はなぜここにいる？　俺に抱かれる理由はなんだ？」

高沢の腕を握る櫻内の手にまた、一段と力が込められる。じっと高沢を見つめる黒曜石のごとき彼の瞳には今、星の煌めきにたとえて尚美しい光が満ち溢れていた。

「………」

何故――自分が櫻内のもとにいる理由は、かつて教官の三室からも問われたことがあった。そのとき自分はどう答えたのだったか――『よくわからない』と答えた気がする、とそんなことをぼんやりと思い出しながら、高沢はじっと櫻内の美しい瞳を見返していた。

この場にいる理由も、櫻内に抱かれる理由も、やはり高沢には『よくわからない』としか答えようがなかった。目の玉の飛び出るようなサラリーを貰《もら》ってはいたが、金に目がくらんだわけではなかった。拳銃を撃ち放題だという環境には勿論惹かれるものはあったが、それ故に同性に身体を差し出すほど、自分が割り切りのいい人間ではない自覚はあった。拘束されているわけでもない。無理を強いられているわけでもない。それでも自分が櫻内のもとを離れず、彼に求められるままに身体を開いているのは多分――。

「多分――抱かれたいからだろう」

理屈ではなかった。意識下で己が望んでいるからこそ、自分は櫻内の傍にいるのだ――高沢はそう、己の気持ちを結論づけたのだった。

「…………」

高沢の答えを聞き、櫻内は一瞬大きく目を見開いた。瞳の星の煌めきが一段と増し、あまりの美しさに高沢は思わずその輝きに見惚れてしまったのだが、やがて櫻内が目を細めて微笑むと、星々はすうっと彼の目の奥に吸い込まれるようにして消えていった。

「……今はその答えで満足することとしよう」

櫻内がぐいと高沢の腕を引くと同時にベッドから立ち上がる。勢い余ってうつ伏せに倒れ込んだ高沢が身体を返したときには、櫻内はその場でスーツのボタンを外し始めていた。

あっという間に全裸になった櫻内がゆっくりと高沢へと覆いかぶさってくる。高沢が両手を広げて彼を迎え入れる体勢を取ると、櫻内は困ったような顔をして笑ったあと、まるでむしゃぶりつくかのような勢いで高沢の胸に顔を埋めてきた。

「あっ……」

痛いほどに胸の突起を嚙まれたと同時に、もう片方をやはり痛いくらいの強さで抓《つね》り上げられる。その刺激に己の雄がどくん、と大きく脈打ち早くも形を成しつつあることに内心慌てながらも、高沢は櫻内の少しの乱れもない頭を抱えるように両手を回した。

「あっ……はぁっ……あっ……」

胸への執拗《しつよう》な愛撫《あいぶ》のあと、軽く頭を振って高沢の腕を解かせると、そのまま高沢の腹から下肢へと櫻内は唇を滑らせてゆく。

「はぁっ……」

既に勃ちきり、先走りの液を零《こぼ》している高沢の雄を櫻内がすっぽりと口へと納めたあと、いつもどおりの巧みな口淫が始まったのに、高沢は一気に快楽の絶頂へと駆り立てられていった。

「あっ……あぁっ……あっ……あっ……あっ」

指で竿《さお》を扱き上げながら、先端にきつく舌を絡めてくる。硬い舌先が鈴口を割る刺激が生む快楽に身体を震わせていたところに、櫻内のもう片方の手が後ろへと回り、双丘を割ってきた。

「あっ……」

竿を流れ落ちる先走りの液を掬《すく》ったその指で入り口を数回撫でたあと、つぷ、と先端を挿入させてくる。入り口をよく解《ほぐ》してから、ゆっくりと櫻内の指が後ろに挿ってくるのに、高沢の雄はびくびくと震え、今にも達してしまいそうになっていた。

「あぁっ……」

指で後ろを、舌で前を同時に攻め立てられる高沢の背が大きく仰《の》け反《ぞ》る。一気に絶頂を迎えはしたが、櫻内の手がしっかりと高沢の根元を握って射精を阻んでいたため、高沢はそれから延々と櫻内の愛撫に啼《な》かされることになった。

「あっ……はぁっ……あっ……あっあっあっ」

いつの間にか後ろに挿れられた指は三本まで本数を増やしていた。乱暴ともとれる激しさで後ろをかき回しながら、丹念すぎるほど丹念に前を舌で、唇で愛撫される。達したくてもしっかりと根元を握られた状態では達することもかなわず、喘《あえ》ぎすぎて息苦しさすら覚えてきたところで、ようやく櫻内の手は高沢の後ろから退いてゆき、高沢に安堵の息を吐かせた。

両脚を抱え上げられ、高く腰を上げさせられる。櫻内の指を失い、ひくひくと壊れてしまったかのように蠢く後ろが露わにされるのに、羞恥を覚える余裕は既に高沢には残っていなかった。

「くっ……」

そのままなぜかじっと己を見下ろしているだけの櫻内相手に、もどかしげに腰を揺する己の姿を、頭に思い浮かべる余裕も高沢にはない。

「欲しいか？」

櫻内のほうは余裕綽《しゃく》々《しゃく》といった感で、にやり、とそう微笑むと、黒光りする立派な雄の先端で高沢の後ろを数回なぞった。

「……あっ……」

見事な雄の質感を待ち侘《わ》び、高沢の後ろが一段と蠢きを増す。

「食いついてくる。随分貪欲《どんよく》になったものだな」

ふふ、と櫻内は揶揄するように笑い高沢を見下ろしたが、既に高沢の意識が半分ないような状態であることを察したようで、「つまらん」と小さく呟くとそのまま一気に腰を進めてきた。

「あぁっ……」

待ち侘びていたその量感に高沢の口からは高い嬌声《きょうせい》が漏れた。激しい律動が生む摩擦と、内壁を擦《こす》り上げるぼこぼことした『あの』感触に、散々嬲られ続けていた身体が絶頂へと向かって駆け出してゆく。

「あっあっあっあっ」

高沢の背が大きく仰け反り、二人の腹の間に白濁した液が飛ぶ。早くも達した高沢の身体を、だが、櫻内は離そうとしなかった。

「あぁっ……」

ピストン運動を続けながら、高沢の片脚を離し、精を放ったばかりの彼の雄を握り締め、扱き上げてくる。収まりかけた快楽の波が再び高沢へと押し寄せ、彼を翻弄《ほんろう》してゆくのにそう時間はかからなかった。

「あっ……あぁっ……あっ……あっ……」

高沢の雄が硬さを取り戻してくると、櫻内は一旦彼の雄を抜き、高沢に体位を変えさせた。うつ伏せにし、腰だけ高く上げさせた格好を取らせ、今度は後ろから攻め立て始める。

「もうっ……あっ……もうっ……」

滾《たぎ》るように熱い後ろが、櫻内の突き上げに更に熱を増し、焼け付くような熱さが全身を覆っていた。少しも身体に力が入らず、櫻内が支えてくれていなければベッドの上に崩れ落ちてしまいそうになっている。

脳をも蕩《とろ》かせるようなその熱に意識を朦朧とさせながらも、高沢の頭にはただ一つの言葉が浮かんでいた。

焼け付くようなこの行為もまた、己の望んだものなのだと——。

「あぁっ……」

櫻内の律動が一段と早まったと同時に、彼の手が前へと回り、高沢の雄を扱き上げる。その刺激に高沢が達したのとほぼ同時に櫻内も高沢の中で達したようで、ずしりという重みが伝わってきた。

「……大丈夫か」

はあはあと息を乱す高沢の顔を、あまり息の上がっている様子のない櫻内が肩越しに覗き込んでくる。

「……ああ……」

大丈夫だ、と櫻内を見上げようとした高沢の唇を、櫻内の唇が覆った。

「……ん……」

高沢の呼吸を妨げぬよう、細かいキスを何度も与えてくる櫻内の手は、高沢の身体を支え

るために彼の胸にしっかりと回っている。

柔らかな唇の感触も、抱き締められる腕の力強さも、すべて己が望んだものなのだと思う高沢の顔にはそのとき、櫻内を惹きつけて止《や》まない微かな笑みが浮かんでいた。


翌日、大阪の佐々木がわざわざ櫻内を訪ねて上京してきた。趙らが大阪より撤退したという報告をしに来たのである。

「ほんまにこのたびはなんとお礼を申し上げてよいものか」

何度も深く頭を下げる佐々木に、櫻内のほうが恐縮し、

「どうぞお顔をお上げください」

何度となくそう言ってようやく佐々木に頭を上げさせたあと、簡単に趙との会談の様子を報告した。

「約束を守ったということでしょう」

「しかし今度は東京を狙う、言うとるんやないですか」

佐々木は青ざめたが、さすがは関西一を誇る団体の長である。

「今回のご恩返しは、必ずさせていただきますさかい。奴らと一戦を交えることになりまし

たら、ワシも出張らせてもらいます」

きっぱりとそう言い厚い胸板を叩いてみせたのに、櫻内も感激も露わに礼を言い、二人は固い握手を交わした。

多忙な佐々木は大阪にとんぼ返りをするとのことだったが、せっかく東京まで来たのだから帰りに八木沼を見舞っていくと言い、櫻内の屋敷を辞した。櫻内は佐々木が病院へと向かう道すがら、若い衆らに護衛をつけさせるといい、佐々木の眉を顰めさせた。

「……もう、趙が動き始めてるとでも？」

「その危険はあります」

頷いた櫻内に佐々木はううむ、と低く唸《うな》ったが、すぐに笑顔になると、

「なんぞのときにはご連絡、お待ちしとりますからな」

力強くそう頷き、改めて櫻内の手を握り締めた。

櫻内の心配を余所に、暫くは何事もなく日々が流れた。寺山の独断で、趙の義弟、琳君を連れた西村の車を尾行させていたのだが——あとで彼は『余計なことはするな』と櫻内から酷く叱責された——途中、体《てい》よくまかれてしまったとのことで、二人が国内にいるのか、はたまた香港に戻ったという趙の許《もと》にいるのか、その情報は一切入ってくることはなかった。

「琳君の傷が癒えるのを待つつもりかもしれないな」

命の危険に晒されることなく一日を終え、無事松濤の自宅へと戻ってきた櫻内が、高沢を

部屋へと呼び、彼を抱き締めながら物憂げな声でそう呟く。

「すべてはこれからだ」

あたかも楽しみで仕方がないというような櫻内の口調についていけないものを感じながらも、高沢の胸にもまた新たな敵を迎え撃つ、闘志と言うに相応しい熱い想いが溢れていた。

桜の頃

「高沢《たかざわ》、待てよ」

人波に紛れて駅へと向かっていた高沢は、後ろから肩を叩かれ足を止めた。

「なんだ、どうした」

酷《ひど》く不機嫌な顔をした西村《にしむら》が高沢を睨《にら》みつけている。息の切れようからすると、かなりの距離を走ってきたらしい。

「『なんだ』じゃないよ。どうしてとっとと先に帰るんだ」

よりにもよってこんな日に、と高沢に恨みがましい目を向けている西村の手には、大きな花束が抱えられていた。肘《ひじ》にかけた紙袋の中には卒業証書の紙筒以外に、沢山のプレゼントが詰め込まれている。

「お前に用がある奴が沢山いそうだったから」

淡々と答える高沢の手には卒業証書の筒だけがあった。今日彼らの高校は卒業式で、先ほど式典が終わったのだが、同じ卒業生の間だけでなく在校生の女子にもかなりの数のファンを持つ西村は、式が終わった途端彼女たちに取り囲まれ、花束やらプレゼントやらを渡されることとなった。

高沢にはそのような『ファン』がいなかったため、暫《しばら》く近くで西村を待っていたのだが、埒《らち》があかなそうだと彼を見切り、一人帰ることにしたのである。

「だからって先に帰るかよ。卒業式だぜ？」

「卒業式だから？」

憤懣《ふんまん》やる方なしという様子であった西村も、高沢がわけがわからないと首を傾《かし》げて問い返したのには、ほとほと呆《あき》れた顔になった。

「三年間も共に通った高校を今日で卒業し、明日から別々の道を歩んでいくんだぜ？　普通はこの三年の思い出を語り合ったりするもんじゃないか？」

「そういうものか」

わからない、と高沢が更に首を傾げる。

「そういうもんだよ」

本当にお前は情緒というものがない、と西村は更に呆れてみせたのだが、続く高沢の言葉になぜか彼は絶句してしまった。

「別に卒業しても付き合いが切れるわけじゃないだろう？」

「…………」

虚を衝かれたように黙り込んだ西村に、

「何か変なこと言ったか？」

高沢がまた、わけがわからず問い返す。

「……いや、なんでもないよ」

西村は苦笑するように笑うと、「行こう」と高沢を促し、二人は肩を並べて歩き始めた。

「今年は桜が早かったな」

駅までの道は桜並木となっている。満開の桜の花びらがちらちらと舞い降りる中、西村が高沢に話しかけてきた。

「そうだな」

相変わらず淡々と答える高沢の髪にも桜の花びらが散りかかっている。

「しかしお前が進学せずに警察に行くとは思わなかった」

二人の通う高校は都下では有名な進学校であったため、今日卒業式を迎えた生徒のほぼ九割が大学に進学、もしくは進学を目指して浪人生活に入ることになっていた。高沢のように最初から進学せずに働く――しかも警察官になるというのはレア中のレアケースである。

「刑事になりたかったのか？」

「そういうわけでもない。大学に行く気になれなかっただけで」

勉強はそれほど好きではない、と高沢は肩を竦《すく》めたが、そんな彼の成績はクラスでも五本の指に入り、担任からも、そして彼の両親からも大学進学を勧められていた。

「じゃあなんで警察なんだ？」

「…………」

西村の問いに高沢は暫く黙り込んだあと、

「さあ」

自分の決めた進路であるのに首を傾げ、西村を脱力させた。

「まさかテレビドラマに影響されたとか言うんじゃないだろうな」

疲れさせた腹いせとばかりに西村が揶揄《やゆ》するのに、それはない、と高沢は苦笑したあと、

「公務員なら親が納得したから、かな」

なんとか見つけ出した答えを口にした。

「…………」

滅多に表情を変えない高沢の顔に不意に浮かんだ笑みに、西村の目が釘付けになる。

「なに」

なぜに自分の顔を凝視するのだと高沢が訝《いぶか》って問いかけたのに、西村は慌てたように首を横に振ると、

「いや、なんでも」

「『正義感』とか言われたらどうしようかと思った」

まあ、お前らしいよ、と今更の相槌《あいづち》を打ち、高沢に笑いかけた。

そのまま会話は途絶え、ひらひらと桜の花びらが散りゆく中、高沢と西村は二人して自分

の足元を見ながら無言で足を進めていった。

お互い何も喋《しゃべ》らず、黙々と足を動かし駅まで共に帰る。思えばこの三年間、そんな日々を過ごしてきたなと、高沢はちらと隣を歩く西村を見やった。

クラスも部活動も一緒だったため、学生生活のほぼ九割を高沢は西村と過ごしたといっても過言ではなかった。二年に上がった頃、高沢が先輩部員たちに陸上部を退部させられてしまったために、それから暫くの間高沢は一人で帰宅していたのだが、その翌月には西村も部を辞めてしまい、また二人で肩を並べて駅までの道を歩くようになった。

辞めた理由を西村に尋ねると、「あんな卑怯《ひきょう》な手を使ってお前に部を辞めさせるような先輩たちとは一緒にやっていけない」という正義感溢《あふ》れた答えが返ってきた。

「俺に気を遣ったのか」

西村は確実にインターハイで上位入賞が見込める実力の持ち主だった。自分のせいで部を辞めることなどないと高沢は言いたかったのだが、

「気を遣ったわけじゃない。人として許せないというだけの話だ」

西村は更に高沢に気を遣ったような答えを返し、「気にするな」と高沢の肩を叩いたものだった。

そんなことを思い起こしながら歩く高沢の視界を、ちらちらと散りゆく桜の花びらが過《よぎ》ってゆく。前方に駅舎が見えてきたとき、ふと、高沢の胸になんともいえない想いが宿った。

「…………」

何、と説明することは難しかったが、間もなく到着する駅で「それじゃあ」と西村と手を振り合って別れる、それも今日が最後なのかという実感が、今更のように彼の胸に押し寄せていた。

毎日のように二人して肩を並べ、駅への道を歩いた彼との仲が、これで切れてしまうわけではない。だが、最早《もはや》日常生活の一部と化していた共に帰路に着くこの時間は今日で終わる。

「なあ」

不意に西村が声をかけてきたのに、高沢は暫《しば》しの思考から覚めた。

「なに」

「お前とこうして一緒に帰るのも、今日が最後なんだなあ」

まるで同じことを考えていた西村のしみじみとした物言いに、高沢の胸の中ではまたあの、なんともいえない想いが膨らんでゆく。

「ま、これで付き合いが切れるわけじゃないけどな」

言葉に詰まり黙り込んだ高沢に、西村は少し照れたように笑って先ほど高沢が口にしたのと同じ言葉を繰り返すと「それにしても満開だな」と頭上の桜に視線を向けた。

「そうだな」

足を止めた西村につられて高沢も足を止め、彼に倣って桜を見上げる。

「……警察でも頑張れよ」

桜の枝を見上げたまま、西村がぼそりと呟《つぶや》く声が高沢の耳に響いてきた。

「ああ。お前も大学で頑張れ」

高沢も桜を見上げたまま、同じようにぼそりと答える。

「大学生活、気楽に過ごさせてもらうよ」

行こうか、と西村が高沢に声をかけ、再び足を動かし始めた。

「大学出たあとはどうするんだ？」

西村に少し遅れ歩き始めた高沢が、前を歩く友の背に問いかける。

「まだ決めていないが、そうだな」

西村はまた足を止めると、端整なその顔に悪戯《いたずら》っぽい笑いを浮かべ、高沢を肩越しに振り返った。

「俺も警察に行こうかな。正義感はお前よりもよっぽど備わってる気がするし」

「確かにそうかもな」

「納得するなよ」

真面目な顔で頷《うなず》いた高沢を見て西村は声を上げて笑うと、不意に伸ばしてきた右手で高沢の髪に触れた。

「なに？」

反射的に身を引いた高沢の目の前に、西村が二本の指で捕らえた桜の花びらを示してみせる。

「ついてた」

「ありがとう」

なんだ、と高沢が微笑《ほほえ》んだその顔を、西村は眩《まぶ》しいものでも見るように目を細めて一瞬見つめたあと、踵《きびす》を返し駅への道を歩き始めた。

前を歩く西村の指が、摑《つか》んでいた桜の花びらを離す。ひらひらと舞い落ちるその花びらを眺めながら高沢は、己の髪に触れる直前、西村が酷く思いつめた顔をしたように見えたのは錯覚だったのだろうかと、そんなことをぼんやり考えていた。

間もなく二人は駅に到着し、上りと下りのホーム、それぞれに別れるときがやってきた。

「それじゃあ」

西村が片手を上げ、高沢に向かって微笑んでみせる。

「ああ、またな」

この三年もの間、毎日繰り返されてきた挨拶《あいさつ》を今日もまた互いに交わし、二人はそれぞれのホームへと向かおうとした。

「高沢」

「ん？」

数歩進んだところで、高沢は西村に呼び止められ、肩越しに彼を振り返った。

「待ってろ」

「…………」

何を、と問いかけようとしたとき、西村は「じゃあな」と手を上げ、上りのホームへと駆け出していった。花束を抱え颯爽《さっそう》と駅構内を駆けてゆく西村の後ろ姿を今日は見えなくなるまで見送ったあと、やがて高沢もホームへの階段を上り始めた。

『待ってろ』――西村の言葉の意味を高沢が知るのはそれから四年後、やはり満開の桜の頃に東大法学部を卒業した西村が、警視庁のキャリアとして高沢の前に姿を現したときのことになる。

たくらみはやるせなき獣の心に
～コミックバージョン～
襲撃から数日
あー退屈や
岡村組 若頭 八木沼賢治(45)はすでに暇をもてあましていた
原案:愁堂れな
作画:角田 緑
組長
なんや
八木沼組 組長
本日午後櫻内組長がおいで下さるそうです
ほんまか!
そいつはええ!!
恐れ入ります
櫻内が来るゆうなら
もちろんあの床上手スナイパーも来るんやろな
!
八木沼さーん検診の時間ですよー
おはよーございまーす
おかげんはいかがですか?
そういえば以前着せ替え人形よろしく あの男で遊んだなあ

もわ～
白衣コスプレゆうんもええかもしれん
しかし研修医にしか見えんやろな
バッ
は？
いやそれより
はーい体温計おねがいしまーす
ナース姿もええなあ♡
もも～ん
なんでこんなにタケが短いんだ
か
勘弁してくれ
しかしナースいうたら高沢よりも…
むしろ
はっ

おおっっ!!
ええやんか
ええやんか!!
よくないです
うっ
やっ八木沼さん!?
組長ぉ!
組長はその突然の大量出血で
も!申し訳ありません
面会謝絶
なに!
兄貴は無事なのか!?
END

あとがき

はじめまして＆こんにちは。愁堂れなです。このたびは三十四冊目のルチル文庫となりました『たくらみはやるせなき獣の心に』をお手に取ってくださり、本当にどうもありがとうございました。たくらみシリーズ復刊三冊目です。今回も角田先生がイラストを全て描き下ろしてくださいました。ノベルズ時も今も！　激萌えの素晴らしいイラストを本当にどうもありがとうございます！

今回はページ数の関係で、この「あとがき」のあとに心ばかりではありますが書き下ろしのショートを載せていただきました。櫻内組長の胸の内、皆様に少しでも楽しんでいただけると嬉しいです。

担当のO様、本作でも大変お世話になりありがとうございました。他、発行に携わってくださいましたすべての皆様に心より御礼申し上げます。

次のルチル文庫様でのお仕事は来月新作の文庫を発行していただける予定です。こちらもよろしかったらどうぞお手に取ってみてくださいませ。

また皆様にお目にかかれますことを切にお祈りしています。

平成二十四年四月吉日

愁堂れな

『愚行』


「く、組長、あの……」

部屋に迎えに来た早乙女《さおとめ》が、ベッドの上に放置されていた防弾チョッキに気づき顔色を変えた。

「行くぞ」

「あ、あの……」

立ち尽くす彼の前を通り過ぎ、部屋を出ようとすると、早乙女が慌ててあとを追いつつも遠慮深く声をかけてくる。

「ぼ、防弾チョッキは」

「不要だ」

問いかけてきた彼だけでなく、今日晴海埠頭《はるみふとう》での人質受け渡しに参加する全組員に、防弾チョッキを着用するよう命令を下したのは誰あろう、俺だった。

勝算は九割九分とみていたが、油断は禁物。僅かの隙が死を招く。そう、防弾チョッキを着用しないなど、論外といってもいい愚行だ。

なのに俺がその『愚行』をする気になったのは、今日、取引場所に彼が——高沢《たかざわ》が来たい、と言ったからだった。

同行したいのならしろと言ったのもまた俺だ。問うたときには、彼が来るという選択をするのは八割だなと思っていた。

あとの二割は来ない選択をしてほしいという希望的観測で、十割来るに違いないと察していたというのが本当のところだ。

高沢が来たいと思うその理由は、彼にとっては格別に思い入れがある相手が代理人として取引現場に来るためだろう。

他人に対して、否、自分自身に対してさえも興味が薄い。心引かれるのは射撃だけ。そんな男に『友』と――親友と思う人間がいる。それを俺に見過ごせというほうが無理な話だ。すぐにも抹殺したい。その思いは襲名披露の日、高沢が彼を庇い俺の構える銃の前に身を投げ出したそのときから更に強くなった。高沢本人にその自覚はないようだが、相当酷い目に遭わされているにもかかわらず、彼にとってはまだあの男は――西村《にしむら》は特別な、そう、『友』と呼びたい相手のようである。

西村と俺、高沢にとってはどちらが大切な相手であるのか。

西村の名が出るたびに、俺はその考えにとらわれる。

そうも気になるなら本人に聞けばいいものを、聞いたところで彼には答えなど出せまいと勝手な判断を下し、問いかけることはない。

西村、とは答えまい。だが、俺、という答えを得られるとも思えない。

高沢がどちらを選ぶのか。その答えを得るために防弾チョッキを着ずに、取引場所に向かうことにした――などと周囲が、何より彼が知れば、俺の頭がおかしくなったと思われかねない。

まあ、周囲はともかく、高沢が気づくことはあるまいが、と苦笑が漏れたのに、警護のためにすぐ横を歩いていた早乙女が気づき、何事かと顔を覗き込んできた。

「死にたくなければ気を抜くなよ」

今は自宅内にいるが、一歩外に出れば窺うべきは俺の顔色ではない。全方向に意識を集中させねば、いつどんな攻撃を受けるかわからない。

それを指摘すると早乙女は飛び上がらんばかりになり、

「も、申し訳ありませんっ」

と詫びたあとには二度と俺を見ず、ギラギラ光る目で周囲を見回し始めた。

そんな注意を人に与えている場合か。自分は防弾チョッキも着用していないのに、とまたも苦笑が漏れそうになるのを、唇を引き結び堪える。

命の危険を冒してまで、相手の真意を知ろうとする。恋とはかくも馬鹿げたものか――それこそ馬鹿げたそんな思いに耽りながら、己を愚行に走らせる恋しい男が既に乗り込んでいるであろう車を目指し、俺は足を速めた。

✦初出　たくらみはやるせなき獣の心に……GENKI NOVELS「たくらみはやるせなき獣の心に」(2006年6月)
桜の頃……………………………………GENKI NOVELS「たくらみはやるせなき獣の心に」(2006年6月)
コミックバージョン…………………GENKI NOVELS「たくらみはやるせなき獣の心に」(2006年6月)
愚行…………………………………………書き下ろし

愁堂れな先生、角田緑先生へのお便り、本作品に関するご意見、ご感想などは
〒151-0051 東京都渋谷区千駄ヶ谷4-9-7
幻冬舎コミックス　ルチル文庫「たくらみはやるせなき獣の心に」係まで。

幻冬舎ルチル文庫

たくらみはやるせなき獣の心に

2012年5月20日　第1刷発行
2016年11月20日　第2刷発行

✦著者　愁堂れな　しゅうどう れな

✦発行人　石原正康

✦発行元　株式会社 幻冬舎コミックス
〒151-0051 東京都渋谷区千駄ヶ谷4-9-7
電話 03(5411)6432[編集]

✦発売元　株式会社 幻冬舎
〒151-0051 東京都渋谷区千駄ヶ谷4-9-7
電話 03(5411)6222[営業]
振替 00120-8-767643

✦印刷・製本所　中央精版印刷株式会社

✦検印廃止

ISBN978-4-344-82524-6　C0193　Printed in Japan